악마의 음악

OTHER Voices

경우 勁雨 현대 판타지 장편소설

WISHBOOKS MODERN FANTASY STORY

OTHER WORKS

악마의 음악 14

경우勁雨 현대 판타지 장편소설

초판 1쇄 찍은 날 | 2019년 11월 22일
초판 1쇄 펴낸 날 | 2019년 11월 29일

지은이 | 경우
펴낸이 | 예경원

기획 | 위시북스
편집책임 | 이은송
편집 | 위시북스

펴낸곳 | 예원북스
등록번호 | 제396-2012-000132호
등록일자 | 2012. 7. 25
KFN | 제1-491호

주소 | 경기도 고양시 일산동구 호수로 646-24 위너스21II빌딩 206A호 (우)10401
전화 | 031-819-9431 팩스 | 031-817-9432
E-mail | yewonbooks@naver.com

ⓒ경우, 2018

ISBN 979-11-365-0508-8 04810
      979-11-89564-46-9 (set)

악마의 음악

14

경우勁雨 현대 판타지 장편소설

OTHER VoICES

WISHBOOKS MODERN FANTASY STORY

Wish Books

CONTENTS

악마의 이중창

OTHER VOICES

◈ 1장 ◈
물의 노래(1)

히말라야산맥 깊은 곳.

인간이 이미 정복한 봉우리가 여러 개인 곳이었지만 단순하고 연약한 인간들은 단지 정상을 정복할 뿐, 정상에 올라가기 전 구중심처 깊숙한 곳까지 탐색하지는 못했다.

최정상이 아니기에 아직 인간들이 정복할 생각을 하지 않는 봉우리 중 하나, 맨 꼭대기도 아닌 삼 분의 이 지점에 쏟아지는 눈보라 속 입을 벌리고 있는 작은 동굴이 있었다.

입구는 사람의 손을 타 만들어진 듯 정사각형이었다. 검은 사각형 속, 암석으로 이루어진 바닥을 지나 약 1㎞를 들어가자, 작은 입구가 무색하게 거대한 공동이 모습을 드러냈다.

산 안에 있는 동굴이라고는 믿어지지 않을 만큼 거대한 공간은 바닥에서 천장까지의 거리가 200m가 넘고, 지름 역시 500m가 넘는 원형의 공간이었다.

공간의 중앙, 석조로 이루어진 단상의 양쪽에 전설의 생물이라는 가고일의 석상 삼십여 개가 줄을 지어 서 있었다.

석상들의 맨 끝에 역시 석조로 만들어진 거대한 의자가 있었다. 회색의 의자 위에 피가 떨어질 듯 붉은 양탄자가 깔려 있었고 그 위에 보라색 옷을 입은 남자가 검고 챙이 넓은 모자를 쓰고 비스듬히 앉아 있었다.

모자의 챙을 매만지던 남자가 고개를 들자, 새하얀 얼굴에 날카로운 콧날, 쭉 째진 눈이 드러났다.

보는 것만으로도 심장을 얼려 버릴 듯 날카롭고 차가운 인상을 가진 남자가 새빨간 혀를 내밀고 입술을 핥았다.

"크으…… 오랜만에 맡아보는 인간 세상의 공기로군. 언제 와도 맛있는 영혼들의 냄새가 난단 말이야. 흐흐."

그가 바라보고 있는 동굴의 입구, 깊은 곳에 있어 바깥의 경치를 구경할 수 없는 검은 입구에서 박쥐 한 마리가 동굴 안으로 날아들어 왔다.

박쥐는 가고일의 석상들이 무서운 듯 날개를 파닥거리며 한참 공동 위를 날아다니다가 남자가 앉은 석조 의자의 끝 해골 장식이 있는 곳에 거꾸로 매달렸다.

눈을 감고 있는 박쥐의 눈이 떠지자 그 눈에 서려 있던 귀기가 파란 불꽃을 일렁거렸다.

비스듬히 앉아 있던 남자가 자신의 머리 위에 매달려 있는 박쥐를 올려다보며 피식 웃었다.

"내가 올려다봐야 하나?"

그의 반응에 놀랐는지 박쥐가 그 자리에서 바닥으로 뚝 떨어졌다. 바닥에 드러누웠던 박쥐가 파닥거리며 어울리지 않게 똑바로 서자, 남자가 입을 열었다.

"자⋯⋯ 들어보자, 그동안 있었던 일을 말이야."

찍찍거리는 박쥐가 무슨 이야길 하는지는 알 수 없었지만, 박쥐를 내려다보고 있는 남자는 고개를 끄덕거리거나, 웃음을 지었다.

어느 순간 눈빛이 붉은색으로 일렁이던 남자가 비스듬히 눕혔던 몸을 일으켰다.

"가마긴이 그랬단 말이지? 파이몬과 암두시아스까지 붙어 있고⋯⋯ 크큭 재미있겠군, 크하하하, 재미있겠어!"

남자가 자리에서 일어나 양팔을 들었다.

"나 구시온이 말한다! 가라! 가서 정보를 더 가져와라!"

그의 말에 석조 의자 앞에 있던 삼십여 개의 가고일 석상에 금이 가기 시작했다. 조금씩 부스러기가 떨어지던 석상이 일순간 깨어지며 가고일 석상에서 여러 마리의 박쥐가 튀어나와 허공을 날았다.

육백 마리가 넘을 듯한 박쥐들이 한 번에 쏟아져 나와 회오리치듯 동굴 안을 날아다니는 것을 본 구시온이 히죽 웃었다.

♪♫

미국에 도착할 때까지 잠에서 깨지 않은 건은 자신을 깨우는 스튜어디스의 말에 눈을 떴다. 일등석에 있던 손님들이 내리고 난 뒤였는지 혼자 일어난 건이 너무 깊게 잤는지 어지러운 머리를 겨우 가누며 하품을 했다.

'눈 감았다가 뜨니 미국인 건 좋은데…… 머리가 좀 아프네.'

잠시 기지개를 켠 건이 기내용 캐리어를 내려 입국장으로 향했다. 언제나 그렇듯 자신의 출현으로 인해 잠시간의 소란이 일었지만, 익숙한 듯 웃어주며 공항 밖으로 나온 건의 눈에 자신을 기다리고 있는 병준의 모습이 들어왔다.

"형!"

얼굴을 가렸다고 해서 건을 못 알아볼 병준이 아니었기에, 그에게 다가온 병준이 건의 어깨를 툭 치며 말했다.

"그래, 잘 다녀왔냐?"

"네, 형."

"키스카는 키 좀 컸어?"

"하하, 형이 보면 놀랄 정도로요."

육 개월 동안 컸으면 얼마나 컸을까 싶었던 병준이 대수롭지 않게 답했다.

"그래, 수고했다. 차 대기시켜 놨으니 가자."

"번거롭게 해서 미안해요."

"그게 내 일이야, 인마."

주차장에 대기하고 있던 차는 미로슬라브가 보냈는지, 깔끔한 검은색의 리무진이었다.

차를 타고 레드 케슬로 가는 동안 아직도 조금 멍한 머리를 흔들다가 창문을 연 건이 낮과 달리 조금 시원해진 초여름의 공기를 들이마셨다.

조지아의 깨끗한 공기는 아니었지만, 도시에 살던 건에게는 익숙한 공기가 느껴지자 조금 정신을 차린 건이 병준에게 물었다.

"별일 없었어요?"

창밖을 보고 있던 병준이 고개를 돌렸다.

"응, 별일은 없고, 어제 아더 호지슨 씨가 미국에 도착했다. 맨하탄 호텔에 묵고 있어."

"아, 그래요?"

"응, 신형 시계를 가져왔던데. 그것 말고도 너랑 볼 일이 따로 있다던데, 무슨 일이야?"

"후후, 그건 형이랑도 관계가 있겠네요."

"나? 나랑 무슨 볼일?"

"뮤지션 계약서 하나 준비해 주세요, 케빈과 동일한 조건이면 돼요."

"엉? 계약서는 갑자기 왜?"

"아더랑 계약하셔야 하거든요."

병준이 무슨 말이냐는 듯 고개를 갸웃했다.

"시계 브랜드 CTO가 무슨 뮤지션 계약을 하냐, 무슨 귀신 씻나락 까먹는 소리야, 그게?"

"하하, 일단 보고 나서 결정해요, 바로 만나러 가죠."

"지금?"

"네, 제가 전화할게요."

건이 아더에게 전화를 걸고, 즉시 약속을 잡았다.

링컨 센터 지하의 연습실에서 만나기로 약속한 후 약 20여 분을 달려 링컨 센터 앞에 내린 병준과 건이 지하로 내려가자, 아무도 없는 연습실에 조그만 드럼 소리가 울리고 있었다.

계단을 내려가며 드럼 소리를 들은 병준이 귀를 쫑긋했다. 어려운 박자는 아니었지만 정확한 리듬으로 연주되는 드럼 소리만으로 수준급의 연주임을 인지한 병준이 입술을 내밀었다.

"유명한 드럼 세션이라도 와 있는 건가?"

병준을 보며 웃음을 지은 건이 스튜디오 문을 열자 녹음 부스 안에서 드럼을 연주해 보고 있던 아더가 황급히 몸을 일으켜 밖으로 나왔다.

얼굴 가득 고마움이 담긴 표정으로 뛰어나온 아더가 달려와 건의 손을 덥석 잡았다.

"케이, 보고 싶었습니다!"

건이 양손으로 그의 손을 맞잡아 당긴 후 포옹을 했다.

"하하, 잘 있었어요, 아더?"

"그럼요, 요새는 하루하루가 즐겁습니다, 하하"

"아, 인사하세요. 팡타지오의 이병준 실장님이에요."

병준이 떨떠름한 표정으로 악수를 청했다.

"전에 뵈었죠? 반갑습니다, 이병준입니다."

"하하, 어떻게 잊겠습니까? 시계를 케이에게 전해주신 장본인이신데요."

차 안에 아무렇게나 내던져 둔 것을 운전기사가 가져왔다는 것을 떠올린 병준이 계면쩍게 웃었다.

"하하…… 그건…….''

건이 두 사람의 등을 툭툭 치며 말했다.

"앉아서 이야기해요, 우리."

세 사람이 녹음 부스 바깥 컨트롤 박스에 있는 소파에 자리를 잡자, 건이 먼저 입을 열었다.

"제가 말했던 수준까지 실력이 올라왔나요?"

아더가 자신 있는 표정을 지으며 고개를 끄덕였다.

"네, 당신이 지금까지 발표했던 음악은 모두 연주가 가능한 수준입니다."

"하하, 좋은 소식이네요. 신상품 디자인도 완료되었고요?"

"네, 여기 가져왔습니다."

아더가 예쁘게 포장된 오렌지색 상자와 검은색 바탕에 붉은색이 번진 선버스트색의 상자 두 개를 꺼냈다.

궁금한 표정으로 시계의 포장을 풀러 내용물을 확인한 건이 환한 웃음을 지으며 말했다.

"이번 모델 역시 예쁘네요. 몇 개나 생산해요?"

건의 표정에 만족감이 서려 있는 것을 보고 안심한 아더가 편안히 웃으며 말했다.

"이번에는 시간이 좀 있어서, 각 500개씩 생산했습니다. 이미 공정은 끝났고 마무리 작업만 남았죠. 썬버스트 모델은 케이와 미스터 리에게 드릴 선물입니다. 오렌지는 화이트 팔콘 여성용 모델의 주인에게 갈 것이고요."

사려 깊게 키스카의 선물까지 챙겨 온 아더에게 고마운 눈빛을 한 건이 상자를 내려놓으며 말했다.

"그럼 합이 천 개네요. 이번 모델의 가격은요?"

"전과 동일합니다."

"음…… 그럼 일단 일리셰르 우스마노프 씨가 투자한 자금은 뽑겠네요?"

"하하, 케이가 투자해 주셨던 금액도 충분히 뽑을 수 있을 겁니다. 이게 모두 케이가 초기 마케팅에 힘을 실어주신 덕분이죠."

"별말씀을. 그럼 이제 슬슬 계획대로 움직여야 할 때군요."

"그렇군요."

두 사람의 대화를 이해할 수 없던 병준이 끼어들며 물었다.

"무슨 말이야, 나도 좀 알아듣자. 계획이 뭔데?"

건이 아더 쪽으로 고갯짓하며 말했다.

"아까 말했던 뮤지션 계약서가 준비되려면 얼마나 걸려요?"

"엉? 어…… 그거야 린 이사님의 허가가 있으면 내일이라도 되는 거긴 한데."

"린 이사님은 이미 알고 계세요. 그럼 내일까지 가능해요?"

"어…… 가능은 하지. 그런데, 아더 호지슨 씨? 정말 뮤지션 계약을 하려는 겁니까?"

아더가 작게 고개를 끄덕였다.

"약속한 것이니까요."

"으음…… 약속이라, 케이와 한 약속이겠군요?"

"네, 그의 드러머가 되기로 했습니다."

"드러머? 아…… 그럼?"

그때 건이 끼어들었다.

"학교 측과 약속한 정규 앨범에 드러머는 아더가 맡게 될 거예요. 시즈카와 케빈도 도와줄 거고요."

병준이 약간 들뜬 목소리로 말했다.

"아 그런 거야? 앨범 준비하겠다고 하고는 조지아로 날아가 버리길래 언제 음악 만드나 했더니 짜식, 준비는 제대로 하고 있었구나?"

건이 웃으며 시계 상자들을 옆으로 밀어두었다.

"하하, 아직 음악은 못 만들었어요. 연주할 사람들 섭외는 끝났지만요."

"오, 그럼 뮤지션 계약과 이번 앨범 게런티 계약서도 추가로 필요하겠구나."

"아무래도 그렇죠."

"좋아! 그럼 내일까지 준비해 둘게."

병준이 주먹을 불끈 쥐며 신나게 말하자, 아더가 웃음을 지으며 건에게로 고개를 돌렸다.

"음악을 완성하지 못하신 상태죠?"

"완성하지 못한 게 아니라, 아직 작업 시작도 못 했어요, 하하."

"그렇군요, 그럼 다음 모델 작업을 하고 난 후 다시 미국으로 오겠습니다."

"시간은 충분할 테니 그리 하세요. 완성이 된 후 샘플과 악보를 영국으로 보낼 테니 기본 연습은 거기서 하시고 넘어 오시면 돼요."

"설계는 하셨습니까?"

"음, 아직이에요, 한 곡은 컨셉만 잡아났고요."

"그렇군요, 정규 앨범이면 여러 곡이어야 할 텐데, 고민이 크시겠습니다."

"하하, 뭐 그렇죠."

병준이 자리에서 일어나 전화기를 들고 밖으로 나가며 말했다.

"회사에 전화해서 계약서 처리 좀 부탁하고 올게."

"네, 형."

병준이 문을 열고 밖으로 나가다가 다시 뒤를 돌아보았다.

"그런데 컨셉을 잡았다는 곡 이름은 뭐야?"

건이 살짝 웃으며 아더와 병준을 번갈아 보았다.

"물의 노래, 물의 노래예요."

♪♫

아더와 저녁 식사를 함께하고, 레드 케슬로 돌아온 건이 정원에 나와 있는 미로슬라브와 인사를 나누었다.

미리 그레고리에게 키스카와의 일을 전달받은 미로슬라브는 예전보다 더욱 예의를 다한 모습으로 건을 대했다. 그의 입장에서는 건이 다음 보스가 될지도 모르는 일이었기 때문이었다.

그와 이야기를 나눈 건이 별채로 돌아와 샤워를 한 후 키스카에게 전화를 걸었다.

"키스카, 나야."

-응, 미국이야?

"응, 미국에 와서 아더를 만나느라 전화가 늦었어. 미안해."

-괜찮아, 그리 늦은 시간도 아니잖아.

"와, 우리 키스카 이해심이 넓어졌는데?"

-헤헤, 진짜?

"응, 어른스러워!"

-헤헤, 고마워. 이제 쉴 거야?

"아니, 아더를 보고 나니까 빨리 작업을 시작해야 될 것 같은 느낌이라 바로 시작해 보려고."

-너무 무리하지 마. 아직 시간은 충분하잖아.

"응, 걱정해 줘서 고마워."

-첫 곡 이름이 물의 노래라고 했었지?

"응, 맞아."

-치유의 느낌을 주는 곡이라면⋯⋯ 건반이 꼭 들어가겠네?

키스카가 하고 싶은 말이 무엇인지 눈치챈 건이 조용히 웃었다.

"응, 들어가겠지."

"……으응."

"걱정 마, 난 시즈카한테 아무 감정 없어."

"……진짜? 시즈카 예쁘잖아."

건이 짙은 미소를 지으며 말했다.

"네가 더 예뻐."

아무 소리도 나지 않았지만, 입이 귀에 걸리는 것을 참고 있는 것이 뻔한 키스카를 떠올린 건이 웃으며 말했다.

"그럼 나 작업할게, 이따 자기 전에 또 통화하자."

……응!

어쩐지 밝은 목소리가 된 키스카의 답을 들은 건이 전화를 끊고 빈 오선지를 뚫어지게 보았다. 침대 위에 양반다리를 하고 앉아 팔짱을 낀 건이 고개를 세차게 저은 후 양손으로 뺨을 쳤다.

"감정을 더 싣는 것은 나중에! 일단 세 가지로 시작하자!"

오선지에 설계를 뜻하는 여러 단어들을 적던 건이 악보 상단 빈칸에 낙서하듯 글을 쓰기 시작했다.

'먼저 도입부는 숲, 안전, 안식, 평화, 휴식을 의미하는 녹색으로 시작해 보자. 중간부터는 좀 더 편안히 음악을 들을 수 있도록 맥박의 저하, 피로 해소, 불안감과 불면증 감소를 뜻하는 파랑으로, 음악의 말미에는 원기 회복, 병의 치료를 뜻하는

주황색을 배치하면 편안히 시작해서 정신적인 치유를 받을 수 있는 음악으로 끝낼 수 있겠지?'

금방 집중력을 발휘한 건이 순식간에 악보를 써 내려갔다.

펜을 입에 물고 잘근잘근 씹으며 고민하기도 하고, 어떤 때는 쉬지 않고 악보를 써 내려가기도 하며 정신을 집중하고 있을 때 별채 밖은 평소와 마찬가지로 조직원들이 기관총을 들고 오가며 사주를 경계하고 있었다.

♩♪♫

오늘로 미국의 레드 케슬로 온 지 정확히 삼 년이 된 스타니슬라프 체르체소프는 올해 29세가 된 건장한 남자였다.

매일 아침 진행하는 회의에서 건에 대한 경호 등급을 상향하라는 지시를 받은 조직원들은 평소보다 더 별채의 경계에 신경을 쓰고 있었고, 스타니슬라프 체르체소프 역시 그 지시를 이행하기 위해 별채의 뒤편까지 경계 지역에 넣었다.

크게 별채 한 바퀴를 돈 그의 눈에 지붕에 내려앉는 몇 마리의 박쥐가 보였다. 평소에도 근처의 숲에서 날아온 박쥐들이 가끔 보이기 때문에 대수롭지 않게 생각했던 스타니슬라프 체르체소프였지만 지붕에 내려앉은 박쥐의 수가 열이 넘어가면서부터 이상함을 느끼고 지붕 위를 주시했다.

한두 마리가 아닌 열이 넘는 박쥐가 별채 지붕에 앉아 있는 것도 이상했지만 자신의 시선을 느낀 듯한 박쥐들이 일제히 자신을 보고 있는 것을 본 스타니슬라프 체르체소프가 바닥에서 작은 돌을 집어 지붕 위로 던졌다.

"훠이! 재수 없게! 저리 안 가?"

박쥐에 직접 맞지는 않았지만, 충분히 위협을 줄 만한 거리에 돌을 던졌지만, 박쥐들은 미동도 하지 않고 스타니슬라프 체르체소프를 바라보고 있었다. 흰자가 보이지 않는 검은 눈동자를 본 스타니슬라프 체르체소프가 소름이 돋는 듯 몸을 부르르 떨며 하늘을 보았다.

아직 별채 지붕에 내려앉지 않은 박쥐들 몇 마리가 상공을 비행하고 있는 것을 본 스타니슬라프 체르체소프가 팔에 돋은 소름을 쓰다듬으며 고개를 갸웃거렸다.

"근처 동굴에 박쥐들이 집을 만들었나? 한두 마리 정도 겨우 보이던 녀석들이 무슨 바람이 불어서 단체로 온 거야?"

건에 대한 것은 사소한 것이라도 보고하라는 미로슬라브의 지시가 있었다.

하지만 별채 지붕에 박쥐 열 마리가 앉았다는 보고를 올리면 총알이 안 날아오면 다행일 것이라 생각한 스타니슬라프 체르체소프가 대수롭지 않게 머리를 털며 다른 곳으로 시선을 돌렸다.

그가 고개를 돌리자 지붕에 있던 박쥐 중 한 마리의 눈이 파랗게 빛났다.

♪♫

다음 날.

학교에서 시즈카를 만난 건이 그녀와 함께 학교 식당을 찾았다.

두 사람이 식당에 들어서자 학생들의 웅성거림이 커졌다.

"케이다……."

"시즈카 미야와키야…… 와 진짜 예쁘다."

최근 왕성한 활동을 하면서 사람들의 시선이 익숙해진 시즈카가 학교 식당에서 스파게티와 커틀릿을 받아 자리를 잡았다.

"짜잔!!!"

학교의 학식 외에 쇼핑백에서 꺼낸 반찬들을 테이블에 올린 시즈카가 기대에 찬 눈으로 건의 반응을 살폈다.

그의 바램에 부응이라도 하는 듯 건이 탄성을 내질렀다.

"오와! 이게 다 뭐야?"

"호호, 김치를 만들어봤어요."

건이 배추김치 하나를 집어 들고 눈을 동그랗게 떴다.

"김치를? 일본에도 김치가 있어?"

"그럼요, 한국에서 일본 음식을 맛보기 쉽듯, 일본에서도 한국 음식을 접하기 쉬워요. 맵긴 하지만 한국 식당에 가면 꼭 먹어보는 것이 김치였고요. 호호, 먹어봐요."

"잠깐만, 케빈 오면 같이 먹자."

건의 말이 떨어지자마자 입구 근처가 술렁였다. 몬타나의 활동과 Fury의 성공으로 유명세를 탄 케빈이 모습을 드러내자 학교에서 매일 같이 보던 건과 시즈카를 볼 때보다 열광적인 반응을 보이는 학생들이었다.

"꺄아아아아!! 케빈이야!"

"우오오오오!! 몬타나!!"

CD를 구매했던 학생들이 가방에서 음반을 꺼내 흔들며 사인을 요청하자, 웃으며 사인을 해주던 케빈이 구석 자리에서 자신을 보며 웃고 있는 건과 시즈카를 보고는 손을 흔들었다.

"어이! 잠깐만 기다려."

학생들의 요청에 답해준 케빈이 식사를 시키려다가 자신은 줄리어드 학생이 아님을 깨닫고 어색하게 웃으며 자리로 왔다.

"하하, 이게 다 뭐야? 시즈카 솜씨인가?"

"응! 내 솜씨야."

뭔가 다정해 보이는 두 사람을 보던 건이 시즈카의 말투를 보고 물었다.

"어? 두 사람 말을 편하게 하네?"

케빈이 슬쩍 웃으며 시즈카를 보았다.

"응, 너 없는 동안 많이 친해졌거든."

시즈카의 눈치를 본 건이 두 사람이 많이 친해졌음을 느끼고 웃으며 엄지를 치켜들었다.

"그래, 친하게들 지내라고. 그런데 시즈카, 케빈한테는 편하게 말하고 나한테는 계속 그런 말투를 쓸 거야? 이거 괜히 서운한데?"

시즈카가 눈에 띄게 당황하며 말을 더듬거렸다.

"그, 그게, 그게 아니고요……."

"하하, 농담이야. 언젠가는 나도 편하게 생각해 줬으면 좋겠다. 먹자! 엄청 맛있어 보이네. 그런데 이 생선은 뭐야?"

웃으며 식사를 즐기는 세 사람이 담소를 나누었다. 한참 식사를 이어가던 케빈이 입에 묻은 튀김 부스러기를 닦으며 말했다.

"아빠가 한번 오래, 밥 먹자고."

미국 대통령씩이나 되는 사람이 옆집 아저씨 같은 말투로 밥 먹으러 오라는 것을 상상한 건이 웃으며 고개를 끄덕이자, 케빈이 시즈카를 보았다.

"너도 데려오래."

"응? 나도?"

"응, 아버지가 보고 싶대."

"왜?"

"어…… 그게……."

갑자기 얼굴을 빨개지는 케빈이 횡설수설했다.

"그, 그냥 내 친구들 보, 보고 싶으신 것 같아. 중학교 때 이후로 친구 이야기는 한 번도 안 했는데 요새 너희들 이야길 자주 하니까 구, 궁금하셨나 보지."

케빈의 마음을 알고 있던 건이 시즈카 몰래 그에게 윙크를 날렸다.

건의 신호를 본 케빈이 빨개진 얼굴로 딴청을 피우자 시즈카가 걱정스러운 눈으로 말했다.

"친구 아버지이긴 하지만, 미국 대통령님인데 좀 부담스럽다. 뭘 입고 가야 하지?"

"그, 그냥 평소대로 가면 돼. 대통령이란 생각은 지우고 그냥 우리 아빠 보러 간다고 생각해."

"밥을 어디서 먹는데? 화이트 하우스잖아."

"그, 그건 그렇지."

"화이트 하우스에 그냥 원피스 입고 가긴 그런데…… 드레스라도 입고 가야 할까?"

"입어주면 감사…… 아니, 그게 아니고 아무거나 입어."

두 사람의 대화를 듣고 있던 건이 크게 웃음을 터뜨렸다.

"푸하하하하하!! 케빈, 너 뭐 하냐."

갑자기 웃음을 터뜨리는 건을 이상하다는 눈으로 보는 시즈카와 무서운 표정을 지으며 그 입 다물라는 듯한 표정을 짓는 케빈이었다. 한참 웃던 건이 진정하자 시즈카가 이유를 물어보려는 듯 입을 열었다.

그 모습에 케빈이 한발 앞서 다른 화제로 말을 돌렸다.

"오늘 녹음할 거야?"

웃느라 아직 배가 아팠던지 아랫배를 잡은 건이 눈에 눈물방울을 달고 말했다.

"으흐흣, 기초 뼈대만 잡아보자."

음악 이야기가 나오자 금방 화제가 전환되었다. 세 사람 모두 이제 프로라고 말할 수 있을 정도의 지위에 있었기 때문에 순식간에 진지한 토론의 장이 펼쳐졌다.

음악의 컨셉에 대해 설명을 들은 시즈카가 시카고에서 만난 아주머니 이야기를 듣고서는 눈물을 훔치며 고개를 끄덕였다.

"육체적인 병으로 힘들어하는 사람도 많지만 정신적인 병으로 힘들어하는 사람은 더 많아요, 그런 음악이라면 꼭 제가 연주해 보고 싶어요."

케빈 역시 고개를 끄덕이며 동의하자 건이 자리에서 일어나며 식사한 그릇을 정리했다.

"그럼 바로 시작해 보자."

세 사람이 식당을 나서자 맹목적으로 그들을 따라오는 학생들이 복도를 지날 때마다 조금씩 더 늘어갔다. 처음 식당에서 밥도 제대로 못 먹던 케빈은 여유로운 웃음을 지으며 바지 주머니에 손을 넣고 있었고, 시즈카는 건의 옆에 바싹 다가서서 발을 맞추어 걸었다.

  세 사람이 2층 연습용 스튜디오로 들어간 후 문을 닫자 핸드폰 카메라를 들이밀며 열심히 사진을 찍던 학생들이 재잘거리며 우르르 학교를 빠져나왔다.

  학교 정문으로 나온 학생들이 각자가 본 그들에 대해 수다를 떨며 SNS에 사진을 올리던 중 한 학생이 짜증이 담긴 뾰족한 비명을 질렀다.

  "악!! 이게 뭐야!!"

  그가 들고 있던 핸드폰에 하얀 액체가 묻어 있었다. 인상을 쓴 학생이 하늘을 보고 나서 어리둥절한 눈으로 말했다.

  "뭐야, 대낮에 왠 박쥐들이……."

  그에게 다가온 다른 학생들이 웃음을 터뜨렸다.

  "으하하, 그거 박쥐 똥이냐? 어이구 더러워! 크하하."

  인상을 쓴 학생이 친구들의 옷에 박쥐 똥을 묻히겠다는 듯 핸드폰을 휘둘렀고, 까르르 웃음을 지은 학생들이 도망을 다녔다.

  밝은 학생들의 모습을 보며 푸근한 웃음을 짓던 경비 아저

씨가 밝은 낮에 공중을 날아다니는 몇 마리의 박쥐를 보며 허리춤에 손을 올렸다.

"이게 다 지구 오염 때문이지, 야행성인 박쥐가 낮부터 돌아다니다니, 세상이 망하려고 그러나."

경비 아저씨가 청소 도구를 들고 학교 정문 앞에 싸질러 놓은 박쥐 똥을 치우며 혀를 찼다.

학교 스튜디오에서 토론하던 세 사람이 병준의 방문을 받았다. 조금 더워진 날 덕에 얇은 여름용 수트를 입고 파란색 큰 가방을 들고 스튜디오로 들어온 병준이 가방이 무거웠는지 낑낑대며 말했다.

"이, 이거 좀 받아봐."

케빈이 달려가 가방을 받으며 갸웃거렸다.

"별로 안 무거운데요?"

"그거 말고 이게 무거워, 헉헉."

파란색 가방 말고도 뭔가 꽉 차 뚱뚱한 가방을 어깨에 메고 있던 병준이 바닥에 가방을 내려두었다.

뭐가 들었는지 묵직한 소리를 낸 가방이 바닥에 쓰러지자, 건이 물었다.

"그게 뭐예요, 형?"

병준이 어깨를 두드리며 인상을 썼다.

"휴, 방금 린 이사님 뵙고 왔는데 이사님 어머님이 키우시던 고양이를 이사님께 맡기고 장기간 여행을 가셨대. 그런데 이사님은 고양이를 싫어하셔서 나한테 며칠 부탁하셨어."

고양이란 말에 시즈카가 가장 먼저 반응을 보였다.

"꺄악, 그럼 이 파란 가방에 고양이가 있어요? 어디 봐요! 보여주세요!"

"알았어, 기다려 봐."

병준이 파란색 가방의 철문을 열었다.

세 사람의 기대 어린 시선을 받은 파란 가방은 잠시 아무 반응이 없다가 하얀 발 하나가 조심스럽게 밖으로 나왔다. 눈이 하트로 변한 시즈카가 손을 가슴에 모으고 소리를 질렀다.

"꺄아아아악!!! 저 하얀 찹쌀떡 같은 발 좀 봐요!"

시즈카가 소리를 지르자 하얀 발이 움찔하더니 다시 가방 안으로 쏙 들어갔다.

병준이 가방 안을 들여다보며 고양이를 달랬다.

"자, 루시? 나오자. 애들한테 인사해야지?"

시즈카가 호들갑을 떨었다.

"꺅! 꺅! 이름이 루시예요? 엄마, 여자애인가 봐!"

"응, 여자아이래, 두 살이고. 좀 조용히 해봐, 애가 겁먹어서 안 나오잖아."

"아, 죄송해요."

세 사람이 조용히 루시를 기다렸다.

다른 일을 하는 척, 관심이 없는 척했지만 세 사람의 시선은 파란색 가방에서 떨어질 줄 몰랐다.

건 역시 어릴 때부터 고양이를 좋아했지만, 강아지는 몰라도 고양이는 싫어했던 엄마 영하 때문에 고양이를 키워본 적이 없었기에 무척 관심을 보였다.

결국 참다못한 건이 파란색 가방 안으로 고개를 들이밀었다. 온몸이 하얀색에 검은 눈동자, 핑크색 코를 가진 고양이 한 마리가 파란색 가방 안쪽에 바짝 붙어 앉아 건을 바라보고 있었다.

새끼 고양이는 아니었지만, 너무 귀여운 모습에 한껏 웃음을 지은 건이 손을 내밀며 말했다.

"안녕? 나와서 인사 안 할래?"

귀를 쫑긋거리며 건의 말을 알아들으려고 노력이라도 하는 듯한 루시가 코를 킁킁거리며 건의 손을 탐색하다가 한 발을 앞으로 내밀었다.

빨리 고양이를 만져보고 싶었지만, 강아지와 달리 자율성이 인정되지 않는 것을 극도로 싫어하는 고양이 습성을 알고 있는 건이 가만히 손을 내밀고 기다리자, 파란 가방 밖으로 루시의 작은 머리가 쏙 나왔다.

루시의 얼굴을 본 시즈카가 소리를 지르려다 자신의 입을 막고 케빈에게 속삭였다.

"보여? 엄청 예뻐! 눈처럼 하얀 고양이야, 거기다 저 핑크 코 봐! 어떡해!"

동물에 큰 관심이 없는 케빈 역시 루시의 예쁜 모습에 고개를 끄덕였다.

"진짜 예쁜 고양이긴 하네, 매니저님 저 고양이 종류가 뭐예요?"

병준이 생각이 안 나는 듯 인상을 찌푸리다가 린과 문자로 이야기했던 것을 생각해 내고 핸드폰을 보았다.

"아⋯⋯ 스코티쉬 폴드 인가? 뭐 그런 아이인데 원래 이 종은 귀가 접혀 있대, 그런데 루시는 귀가 쫑긋 서 있어서 다른 고양이랑 좀 다르다고 하던데?"

시즈카가 눈을 크게 뜨고 루시의 얼굴을 살핀 후 말했다.

"그러게요, 터키쉬 앙고라처럼 귀가 쫑긋 서 있네요?"

병준이 입술을 내밀며 말했다.

"뭔가 섞인 건가?"

루시가 조심스러운 발걸음으로 가방에서 나왔다. 길고 유연한 몸이 완전히 가방 밖으로 빠져나오고, 앞에 앉아 있던 건에게 관심을 보인 루시가 다가와 건을 탐색했다.

자신의 주위를 천천히 돌며 냄새를 맡기도 하고 찬찬히 뜯어보기도 하는 루시를 가만히 바라만 보고 있던 건이 말했다.

"나, 나쁜 사람 아니야, 너랑 한동안 살아야 할지도 모르는 사람이란다."

루시가 마치 알아듣기라도 하는 것처럼 건의 입 모양을 자세히 보며 고개를 흔들거렸다. 그 모습이 너무 귀여웠던 건이 루시의 뒷목을 조심스럽게 쓰다듬어 주자 눈을 감고 웃는 것 같은 얼굴을 하는 루시였다.

예전 친구들에게 들었던 대로 꼬리와 엉덩이가 이어지는 등 부분을 만져주자 앞발을 쭉 펴고 기지개를 켜는 것 같은 자세를 한 루시가 꼬리를 치켜들며 고롱고롱 소리를 냈다.

기분이 좋아졌는지 건의 몸에 자신의 몸을 비비며 빙글빙글 돈 루시가 시즈카와 케빈을 힐끔 보았다.

시즈카는 몸을 들썩이며 당장에라도 고양이를 안아주고 싶은 마음이 얼굴에 드러났고, 케빈은 그저 예쁜 동물을 보는 눈으로 루시를 내려다보고 있었다.

호기심 많은 고양이라면 다른 사람에게도 가서 탐색할 만도 했지만, 루시는 그저 폴짝 뛰어올라 건의 어깨 위에 식빵 굽기 자세로 앉았다.

케빈과 시즈카에게는 관심도 없다는 듯 까칠한 혀로 건의 목을 핥는 루시 덕에 건이 웃으며 목을 움츠렸다.

"키키, 간지러워."

부러움이 가득 담긴 눈으로 건을 보던 시즈카가 병준에게로 고개를 돌렸다.

"언제까지 맡긴 거예요?"

병준이 다른 가방에서 꺼낸 고양이 물품들을 살펴보며 말했다.

"모르겠어, 린 이사님 부모님이시면 연세도 꽤 되실 텐데 배낭여행을 가셨다네, 모르긴 해도 몇 개월은 걸리지 않을까?"

"에…… 그렇게 오래요? 그럼 정이 들어버릴 텐데……."

"그러게 나중에 헤어져야 하니까 너무 정 주진 마라. 나 잠깐 볼일 봐야 하는데 고양이를 들고 다닐 수가 없어서 들른 거야, 고양이 화장실만 꺼내주고 갈 테니까 좀 봐줘라."

이미 루시에게 정신을 빼앗긴 건이 손가락으로 장난을 치며 웃었다.

"네, 그러세요. 형. 루시야~ 나랑 같이 있자."

루시는 건의 손가락을 앞발로 툭툭 치며 놀고 있었다.

병준이 나갔지만, 루시에게 정신을 빼앗긴 건은 결국 집중력을 되돌리지 못하고 루시와 노는데 정신이 팔렸다.

한 시간이 넘는 시간 동안 루시가 먼저 다가와 주길 바란 시즈카는 결국 자신의 인내에 대한 보상을 받았다. 조심스럽게 다가온 루시를 보듬어 안은 시즈카가 행복한 표정을 지었고, 세 사람은 결국 네 시간이 넘는 시간을 루시와 노는 데 보내고 말았다.

　일을 보고 돌아온 병준과 레드 케슬로 돌아가는 차 안에서도 여기저기를 뛰어다니며 노는 루시에게 시선을 빼앗긴 건이 문득 생각났다는 듯 물었다.

　"형, 집에 경비견들이 많은데 괜찮을까요? 루시가 스트레스 받을 텐데."

　조수석에 앉아 있던 병준이 고개를 돌려 호기심 섞인 눈빛으로 차 이곳저곳을 살피는 루시를 보았다.

　"집 안에서만 키워야지 뭐, 개랑 다르게 산책시킬 필요는 없잖아."

　"그런가…… 답답해하지 않을까요?"

　"고양이는 그런 거 없어. 호기심은 많지만 말이야."

　잠시 후 레드 케슬에 도착한 병준이 차에서 내리며 고개를 갸웃했다.

　"엉? 왜 개 짖는 소리가 안 들리지? 밖에서 사람이 들어오면 보통 몇 마리는 짖어대는데 말이야."

　가방에 들어가지 않으려는 루시 덕에 어깨에 루시를 올리고 차에서 내린 건이 정원을 보았다.

　조직원들이 끌고 다니는 경비견들이 모두 건의 어깨 위에 있는 루시를 보고 있었지만, 어느 경비견도 짖거나 다가와 위협하지 않는 것을 본 건이 안도의 한숨을 쉬었다.

"다행히 교육을 잘 받은 아이들이라 고양이한테 접근하지 않나 봐요."

병준이 인상을 찌푸리며 경비견들을 바라보았다.

"그게 교육이 되나? 에이 몰라. 안 짖으면 좋은 거지. 먼저 들어가라, 난 짐 들고 들어갈게."

"네, 형. 도와드릴까요?"

"가방 하나인데 뭐. 들어가."

루시를 데리고 별채 문을 열자 어깨에서 뛰어내린 루시가 쪼르르 달려가 집을 탐색하기 시작했다. 뭐가 신이 나는지 고양이답지 않게 뛰어다니며 집을 구경하던 루시가 열려 있는 창문으로 밖으로 튀어나가는 것을 본 건이 소리를 질렀다.

"루시 안 돼!"

루시를 찾기 위해 별채 밖으로 뛰어나온 건의 눈에 지붕 위에서 뛰어다니고 있는 루시가 들어왔다.

"루시! 거기 위험해, 내려와! 어……? 지붕 위에 웬 박쥐들이……."

루시가 뛰어다니며 앞발로 박쥐 한 마리를 잡자, 지붕 위에 앉아 있던 박쥐들이 일제히 날아올랐다.

귀여운 모습과 달리 날카로운 송곳니를 번뜩인 루시가 잡은 박쥐를 입에 물고 건을 바라보자 인상을 쓴 건이 양팔을 휘저으며 말했다.

"루시, 지지! 더러워 그거. 뱉어, 퉤!"

입에 문 박쥐를 몇 번 털어 완전히 죽인 루시가 고개를 휘저어 박쥐 시체를 던져 버렸다.

지붕에서 뛰어 내려 건의 어깨 위로 내려온 루시가 눈을 감고 앞발을 핥는 것을 본 건이 인상을 썼다.

"에이, 목욕해야겠네. 루시 저런 거 만지면 안 돼, 알았지? 병 걸린단 말이야."

무슨 이야기인지 알아들을 리 없는 루시를 보던 병준이 짐 가방을 들고 별채로 들어가며 말했다.

"캣 타워 조립하는 거나 도와줘라. 목욕은 무슨. 그건 내일 동물 병원 데려가서 전문가한테 맡기자고."

병준의 가방에서 나온 무거운 짐들은 캣 타워였다. 사료와 고양이 화장실, 쿠션 등이 나왔지만 가장 무거운 것들은 캣 타워의 부품들인 것을 본 건이 손을 탁탁 털며 조립을 시작했다.

자신의 물건임을 아는지 건의 허벅지에 앉아 캣 타워를 바라보던 루시는 타워가 완성되자마자 최고층에 자리를 잡고 누웠다.

루시가 마음에 든다는 행동을 취하자 웃음을 지은 건이 먼지를 뒤집어쓴 몸을 한 차례 본 후 샤워실로 향했다.

오랜만에 물을 받아 목욕할 생각이었던 건이 물의 온도를 맞춰 두고 김이 가득한 욕실로 들어왔다.

"으아…… 좋다."

따뜻한 욕조에 몸을 눕힌 건이 욕실 창문에 난 작은 창을 통해 들어오는 빛을 보며 콧노래를 부르다가 눈을 감았다.

건의 눈이 감기자마자 욕실 창문에 작은 그림자가 비쳤지만 서린 김 때문에 무엇인지 알 수는 없었다.

끼이익.

문이 열리는 작은 소리를 들은 건이 눈을 떠 욕실 문을 바라보자, 발로 욕실 문을 연 루시가 고개를 내밀었다. 웃음을 지은 건이 젖은 팔을 내밀며 말했다.

"루시~ 나랑 같이 목욕할래?"

귀엽기만 했던 루시의 눈이 매섭게 떠지며 욕실 창문을 노려보자, 창문에 드리워 있던 작은 그림자가 황급히 사라졌다.

루시의 시선을 따라 창문을 본 건이 아무것도 없는 창문을 보고는 고개를 갸웃거렸다.

"응? 왜 밖에 뭐 있어, 루시?"

냐옹!

루시가 욕실 턱에 앉아 건을 내려 보자, 그 귀여움에 다시 한번 정신을 빼앗긴 건이 루시와 목욕 겸 물놀이를 하며 웃음을 지었다.

"꺄하하하, 이리 와!"

건이 무엇을 하든 그의 옆에 꼭 달라붙어 꼬리를 살랑대던 루시는 목욕을 끝낸 건이 챙겨 준 사료에도 별 관심을 보이지 않고 그저 물만 마셨다.

모두가 잠든 늦은 밤, 지붕 위에 모습을 드러낸 루시가 어느새 다시 지붕 위에 앉아 있는 박쥐 몇 마리를 보며 입맛을 다셨다.

♪♫

늦은 밤 레드 케슬의 견사.

셰퍼드와 도베르만 등 머리가 좋은 경비견들 스무 마리가량이 잠을 자고 있었다. 똑똑한 개들이라 변을 잘 가리기도 하고, 평소에 관리를 잘해두었기에 약간 냄새가 나긴 했지만 비교적 깨끗한 독립 건물로 본채와 떨어져 있는 1층이었다. 흙바닥에 철창으로 나누어져 있는 견사는 개의 종류에 따라 나누어져 열 마리씩 두 사육장으로 나누어 있었다.

졸린 듯한 눈으로 한숨을 쉰 셰퍼드 한 마리가 문득 고개를 들었다. 사육장 천장에 가까운 높은 곳에 나 있는 큰 창문에 비친 작은 그림자를 바라보던 셰퍼드가 몸을 일으켜 창문을 올려다보았다.

잠이 들었던 개들이 어느새 일어나 창문으로 시선을 집중하고 있었지만 어떤 개도 짖지 않았다.

물끄러미 창문에 비친 그림자를 보던 개들의 시선이 일제히 한 곳으로 돌려졌고, 지붕에 난 작은 구멍으로 고개를 내민 루시가 빛을 받아 호박색으로 빛나는 눈을 번뜩이자 구멍 앞을 올려다보던 개들이 납작 엎드렸다.

복종의 눈빛을 보내는 개들을 본 루시가 구멍을 빠져나와 견사로 뛰어들었다.

도베르만의 견사에 먼저 뛰어든 루시가 도도하게 몸을 세우고 앞 다리를 쭉 뻗으며 사육장을 돌아다니자, 열 마리의 도베르만이 루시의 이동 경로에 따라 고개를 이리저리 돌렸다.

개 사육장에 고양이가 들어오면 난리가 날 법도 하건만 도베르만은 루시에게 압도당한 듯 바닥에 배를 붙이고 가만히 있었다. 어떤 개는 바닥에 얼굴을 대고 앞발로 양 눈을 가리는가 하면, 루시가 다가오자 배를 보이며 혀를 내미는 개도 있었다.

사나운 개로 분류되는 도베르만들의 견사 철창을 훌쩍 넘어 셰퍼드의 견사도 둘러본 루시가 도베르만과 동일한 반응을 보이는 셰퍼드들을 만족스러운 눈으로 보았다.

견사 중앙에 엉덩이를 붙인 루시가 조금 떨어진 도베르만 견사 쪽으로 고개를 돌렸다.

냐오오옹.

각자 바닥에 배를 붙이고 앉아 있던 도베르만 십여 마리가 일제히 일어나 셰퍼드의 견사 철창 앞에 줄을 지어 앉았다.

셰퍼드 역시 몸을 바로 세우고 엉덩이를 붙인 채 루시에게 시선을 집중하자 루시가 옹알거렸다.

니야야앙, 니야아아앙.

뭔가 이야기를 하는 듯한 루시의 행동을 본 개들이 고개를 납작 엎드렸다. 늦은 밤 견사에서 발생하고 있는 기현상이 신비로웠지만, 인간 중 아무도 본 사람은 없었다.

♪♫

다음 날, 아침부터 지난밤 개들에게 별일이 없는지 점검을 나온 조직원이 사료 포대를 어깨에 올리고 견사에 들어오다가 고개를 갸웃거리며 개들을 보았다.

"어? 왜 안 짖어? 너희들 어디 아프니?"

사료 포대를 보자마자 침을 흘리며 펄쩍거리며 뛰거나 짖던 개들이 조용한 것을 본 조직원이 어깨에서 포대를 내려놓으며 개들을 살펴보았다.

침을 흘리고 있긴 하지만 모든 개들이 엉덩이를 붙이고 자신을 보고 있는 것을 본 조직원이 걱정스러운 눈으로 축사 문을 열자, 얌전하던 개들이 우르르 축사 밖으로 뛰어나갔다.

워낙 힘이 좋은 개들이라 순간적으로 뛰어나가는 개들의

목줄을 잡았지만, 오히려 바닥에 질질 끌리며 끌려가던 조직원이 고함을 쳤다.

"왜, 왜 그래!! 야, 가만있어!"

정원에서 경계 근무를 서던 조직원들이 본채 뒤 견사에서 뛰어나오는 개들을 보고 당황했다.

전력 질주하는 개들이 건과 병준이 있는 별채 건물을 포위한 후 지붕을 보고 한꺼번에 짖기 시작하자, 지붕 처마 밑에 거꾸로 매달려 있던 박쥐 몇 마리가 놀라 파드득 날아갔다.

달려온 조직원들이 당황하며 개들의 목에 걸린 목걸이를 잡고 잡아끌었지만, 힘을 주며 버티는 개들은 짖는 것을 멈추지 않았다.

이른 아침 샤워를 하고 옷을 입던 미로슬라브가 개들의 울음소리를 듣고 본채 밖으로 나오자, 별채를 포위한 스무 마리의 개들이 침을 질질 흘리며 무섭게 짖고 있는 모습이 보였다.

물끄러미 그 모습을 보던 미로슬라브가 바지의 벨트를 잠그며 한 손을 흔들자, 가장 가까운 조직원이 재빨리 다가왔다.

"무슨 일이지?"

짧은 검은 머리의 조직원이 살짝 고개를 숙였다.

"아직 파악되지 않고 있습니다."

"견사 관리하는 녀석은 어딜 가고 개들이 다 뛰어나와 있나?"

"그것이 저기……."

짧은 머리의 조직원이 가리키는 곳에 지푸라기를 뒤집어쓴 견사 관리원이 뛰어나오고 있는 것이 보였다. 꼴을 보니 막으려 최선을 다한 것 같았다.

"너도 가서 잡아 가둬. 이른 아침부터 케이 귀찮게 하지 말고."

"예!"

뛰어가는 조직원을 보던 미로슬라브가 개들을 보다가 별채 위를 날아다니는 박쥐들을 보았다.

"박쥐 때문에 저러는 건가?"

개 짖는 소리에 놀라 뛰어나온 병준을 확인한 미로슬라브가 큰소리로 외쳤다.

"박쥐 때문이다! 쏴버려!"

미로슬라브의 명이 떨어지자마자 허공으로 기관총을 난사하는 십여 명의 조직원들의 손에 하늘을 날던 박쥐들이 한꺼번에 바닥으로 떨어졌다.

총을 맞은 박쥐들이 바닥을 뒹굴자 경비견들이 순식간에 물어뜯어 산산조각이 난 박쥐들의 잔해가 잔디 위에 뿌려졌다.

총알을 맞지 않은 두 마리의 박쥐가 재빨리 별채에서 멀리 떨어지자 짖는 것을 멈춘 개들이 언제 그랬냐는 듯 얌전히 엉덩이 붙이고 앉아 목줄을 쥔 조직원들을 바라보았다.

얼른 밥이나 달라는 듯 혓바닥을 내밀고 헥헥거리는 개들을 본 조직원들이 식은땀을 흘리며 각자 한두 마리의 개들을 끌고 견사로 돌아가고 난 후 까치집이 된 머리로 루시를 어깨에 얹은 건이 별채 문으로 고개를 내밀었다.

"무슨 일이래요? 총소리 난 거 같은데."

다행히 소음기가 장착된 모델들이라 큰 소리가 나지는 않지만 총소리임을 알 수 있는 수준의 소음이었기에 던진 질문이었다.

건이 보지 못하도록 바닥에 널려 있는 박쥐 잔해를 발로 밀어낸 병준이 인상을 쓰며 말했다.

"며칠 전부터 박쥐들이 자꾸 별채로 오더니, 개들이 그거 보고 흥분했나 봐. 별일 아니니 마저 자라. 오늘도 작업해야 할 거 아냐."

건이 졸린 눈을 비빈 후 어깨 위에 앉아 몸을 동그랗게 말고 있는 루시의 코를 만져주며 말했다.

"루시 놀랐지? 가서 자자. 아함~"

잠시 소란이 일었던 레드 케슬에 다시 평화가 찾아왔다. 별채 근처로 다가가지 못하고 본채의 꼭대기에 앉아 있던 박쥐 두 마리 중 한 마리가 찍찍거리자, 나머지 한 마리가 날아올랐다.

히말라야 구중심처에 있는 성.

붉은 양탄자가 깔려 있는 석조 의자 위에 비스듬히 앉아 있던 구시온이 몸을 일으켰다.

"호오? 이것 봐라?"

그의 눈앞에 떠 있는 화면에 레드 케슬 상공에서 찍은 듯한 모습이 떠올라 있었다.

화면이 매우 불안정한 것으로 보아 박쥐의 눈에 비치는 것인 듯한 화면을 보던 구시온이 붉은 혀를 내밀어 입술을 핥았다.

"어제는 고작 집고양이가 내 패밀리어를 물어 죽이더니, 오늘은 개랑 인간들이 죽였다?"

화면 속 마지막 한 마리가 자신에게 총구를 겨누고 있는 조직원을 내려 보고 있다가 어느 순간 큰 충격을 받았는지 땅으로 떨어지고 있었다.

혼란스러운 화면을 꺼버린 구시온이 자리에서 일어나며 눈썹을 꿈틀거렸다.

"뭔가 있군. 흐흐흐."

을씨년스러운 성에 홀로 앉아 있던 구시온의 몸이 픽 꺼지며 보라색 연기가 아지랑이를 피웠다.

♪♪

늦은 오전이 되어서야 눈을 뜬 건이 침대에 누운 채 자신의 명치를 압박하고 있는 무언가를 보았다. 눈을 비빈 자신의 가슴 위에 앉아 눈을 맞추고 있는 루시를 본 건이 슬쩍 웃으며 고양이의 머리를 쓰다듬었다.

"여기가 편해?"

건이 일어났지만, 자리를 피할 생각이 없어 보이는 루시를 자연스럽게 옆에 내려놓은 건이 학교 갈 준비를 하고 옷을 입었다.

"학교에는 못 데려가. 집에서 놀고 있어 루시, 알았지?"

루시를 캣 타워에 올려놓고 간식 하나를 준 건이 집을 나서자, 닫힌 문을 물끄러미 보고 있던 루시가 예쁜 눈을 번뜩였지만, 곧 털을 핥으며 드러누워 버리는 고양이었다.

미로슬라브가 내어준 차를 타고 학교 앞에 도착한 건이 차에서 내린 후 기지개를 켰다.

좀처럼 진도가 나가지 않는 물의 노래 덕에 조금 답답해진 건이 학교 앞을 지나는 사람이 별로 없는 것을 보고 학교 주변을 걸었다.

가끔 자신을 알아보고 손을 흔드는 사람들에게 마주 웃어 준 건이 길을 걸으며 생각에 빠졌다.

'세 가지 감정을 담아내는 방법은 밴딩 하나뿐일까? 그렇다면 음악적으로 표현할 수 있는 한계가 명확해져 버리는데……
음을 끌어 올리거나 끌어 내리는 것으로만 이루어진 음악은
너무 단순하잖아? 어떻게 해야 할까?'

바지 주머니에 손을 넣고 바닥을 바라보며 걷던 건이 학교를
크게 한 바퀴 돈 후 다시 정문 앞에 섰다. 오늘따라 연습실로 들
어가기 싫었던 건이 학교 정문 앞 계단에 쪼그리고 앉았다.

'누가 알려주는 사람이 있다면 좋을 텐데, 교수님들께 도움
을 받을 수도 없으니 혼자 해결하는 수밖에 없나……. 휴 답
답하다.'

무릎을 모으고 무릎 위에 턱을 올린 건이 정면을 바라보다
학교 맞은편에 나란히 놓인 두 개의 벤치 왼쪽에 캔버스를 놓
고 그림을 그리는 남자를 보았다. 줄리어드는 음악 전문 대학
이었기에 학교 주변에서 그림을 그리는 사람을 보는 것은 드문
일이었다.

"누가 그림을 그리네, 학교를 그리고 있는 건가?"

호기심이 일어난 건이 자리에서 일어나 그림을 그리는 남자
에게 다가갔다.

건이 다가오건 말건 학교 쪽에 펜을 세워 들고 구도를 잡는
듯한 행동을 하는 사람은 하얀 얼굴에 조금 날카로운 인상을
가진 사람이었다.

그림을 그리는 사람에게 방해가 되지 않도록 뒤로 돌아 그

의 뒤에서 그림을 본 건의 눈이 커졌다. 그가 그리고 있는 그림 속에 여러 가지 감정의 색이 섞여 빛을 뿜어내고 있었기 때문이다.

'그, 그림에서 색이…… 하나, 둘, 셋, 넷? 네 가지 감정?'

황당한 눈으로 그림을 보던 건이 자기도 모르게 그림에 다가갔다.

그림을 그리는 남자의 머리 뒤에 바짝 다가간 건이 눈을 크게 뜨며 그림을 바라보다가 문득 아래에 있던 남자의 머리가 자신 쪽으로 돌려지는 것을 느끼고 화들짝 몸을 뺀 건이 어색하게 웃으며 말했다.

"아하하! 바, 방해해서 죄송해요."

날카로운 인상의 남자가 인상답지 않게 푸근한 웃음을 지으며 어깨를 으쓱했다.

"괜찮습니다."

호의가 깃든 남자의 답을 들은 건이 조심스럽게 물었다.

"학교를 그리고 계신가요?"

남자가 학교 쪽으로 고개를 돌리며 말했다.

"네, 재미있는 곳이군요."

"뭐가 재미있어요?"

남자가 붓을 들어 학교를 가리키며 말했다.

"참 여러 가지 감정이 섞여 있는 건물이에요, 줄리어드라는 학교 말입니다."

감정에 대한 이야기가 나오자 귀를 쫑긋 세운 건이 지푸라기라도 잡는 심정으로 물었다.

"뭐가요? 자세히 말씀해 주실래요?"

남자가 붓을 내려놓고 팔짱을 끼며 학교를 보았다.

"정열, 즐거움, 질투, 초조, 희망, 환희, 학구열과 집착, 냉정함과 직관이라는 서로 다른 감정이 뒤섞여 있습니다. 색으로 표현하자면 빨강, 주황, 노랑, 초록 이 네 가지 색으로 표현할 수 있겠군요."

자신이 고민하던 것과 동일한 부분의 말을 하는 남자를 본 건의 얼굴이 확 밝아졌다.

남자에게 어떤 힌트라도 얻을 수 있을까 싶어 기대에 찬 눈으로 악수를 청하는 건이 웃으며 말했다.

"줄리어드의 케이라고 합니다."

내민 건의 손을 힐끔 본 남자가 물감이 묻은 손을 닦은 후 그의 손을 맞잡으며 웃었다.

"시온, 시온이라고 합니다."

줄리어드의 앞에서 악수를 하고 있는 두 사람의 주변으로 초여름 날씨답지 않은 차가운 바람 한 줄기가 불었다.

시온이 다시 그림을 그리기 시작했다. 청록색 물감에 노란색을 섞은 그의 붓이 캔버스 위를 거닐자 초록색 물감이 캔버스 위를 수놓았다. 뭔가 좀 더 다른 색을 기대했던 건이 입술을 내밀며 물었다.

"처음부터 초록색을 사용하면 되지 않나요? 왜 두 가지 색을 섞은 색으로 초록색을 내세요?"

시온이 붓을 들고 캔버스를 가리키며 답했다.

"음…… 미대를 나오신 분이 아니라 설명하기 어렵습니다만, 조금 쉽게 설명해 드리자면 기본 색(primary color)과 이차색(secondary color)에 대한 개념을 먼저 설명해 드려야 합니다. 삼원색은 청록색(cyan), 자홍색(magenta), 노랑색(yellow)입니다. 그리고 방금 언급한 세 가지 기본색을 섞어 만든 세 가지 이차색이 있지요."

그의 설명에 따른 색들의 조합은 이랬다.

청록색 + 노랑색 = 초록색.

청록색 + 자홍색 = 파랑색.

자홍색 + 노랑색 = 빨강색.

청록색 + 자홍색 + 노랑색 = 검은빛이 도는 색.

마지막으로 감색 혼합 물감을 사용하면, 색을 다 섞었을 때 검은색이 나오게 된다는 것이 그의 설명이었다. 미술의 기본 개념이 없던 건은 새로운 사실을 알게 되었지만, 이것을 어떻게 음악으로 녹여야 할지는 아직 감이 잡히지 않았다.

"으음…… 그렇군요. 그런데 그것과 그냥 원색을 사용하는 것이 뭐가 다른가요?"

시온이 가만히 건을 바라보다가 팔레트 위에 붓을 놓았다.

"화가는 말입니다. 단순히 색을 섞어 그림을 그리는 것이 아닙니다. 색이 아닌 빛을 섞는 것이 포인트이지요."

건은 생각지도 않은 말에 살짝 의아한 표정을 지었다.

"색이 아니라 빛이요?"

"네, 잠시 상상을 해보세요. PC 앞에 앉아 모니터를 켰다고 생각하시고, 메모장이나 워드 파일을 열어 전체 화면으로 바꾸었다고 생각해 보세요. 자, 무슨 색이 보이나요?"

시온의 말에 따라 눈을 감고 상상을 한 건이 당연하다는 듯 말했다.

"당연히 하얀색 아닌가요?"

"후후, 정말인가요?"

"네, 워드나 메모장 파일이라면 하얀 바탕에 글을 쓰는 프로그램이잖아요."

"당신은 정말 당신이 보고 있는 것이 하얀색이라고 확신할 수 있습니까?"

눈을 뜬 건이 시온을 보았다.

미소를 머금은 시온이 검지를 까딱였다.

"집으로 돌아가 돋보기를 준비하고 모니터에 대보세요. 모니터의 빛은 흰색이 아닙니다. 빨강, 초록, 파랑 빛의 점들이라는 것을 금방 알 수 있을 거예요. 색을 흡수하는 물감과는 달리, 빛은 색을 더해주는 성질이 있습니다. 색을 섞어 내는 기본색은 원색의 물감과 달리 빛을 표현할 수 있는 색이 되지요."

건의 표정이 심각하게 바뀌는 것을 본 시온이 결정타를 날렸다.

"당신이 보아온 명화들이 얼마나 될지는 모르겠지만, 그 명화 중 원색 그대로의 물감으로 색을 낸 그림은 그리 많지 않을 겁니다."

건이 중얼거렸다.

"빛…… 색이 아니라 빛이다……."

시온이 다시 붓을 들며 말했다.

"아까 설명한 것 중 빨간색으로 바뀌는 색은 자홍색과 노랑색이라고 말씀드렸습니다만, 재미있는 것은 자홍색을 내기 위해 필요한 물감이 빨강과 파랑이라는 것이지요, 이렇듯 빛을 섞어 만든 색을 감색 혼합색이라 말합니다. 감색 혼합색으로 분류된 모든 색을 섞으면 무슨 색이 나오는지 아시나요?"

눈을 감은 채 생각에 잠긴 건이 나직하게 말했다.

"잘 모르겠습니다."

시온이 싱긋 웃으며 말했다.

"바로 흰색입니다. 신기하죠? 왜 이런 일이 벌어지는 걸 까요? 사람은 물체에서 반사된 빛을 보고 색을 인식하게 됩니다. 사람의 눈이 감색 혼합된 색상을 인식하는 방법은 세 가지로 나뉘죠. 먼저 감색 혼합된 색상이 빛을 흡수하고, 우리 눈이 흡수되지 못하고 반사된 빛을 인식하죠, 반사된 색상은 물감에서 혼합된 색상들이고, 빛을 흡수된 후에 우리 눈으로 들어온 나머지 빛이 되는 겁니다."

시온의 설명을 듣고 있던 건이 살짝 고개를 숙였다.

"흰색, 반사된 색, 빛의 흡수…… 보색의 잔상?"

시온은 건이 생각에 빠진 것을 보고 다시 그림을 그리기 시작했다.

한 남자는 그림을 그렸고, 다른 하나는 생각에 잠겼다.

꽤 오랜 시간이 지난 후 고개를 든 건의 얼굴이 밝아져 있는 것을 본 시온이 언제 사 왔는지 모를 아이스 커피 한 잔을 내밀며 웃었다.

"당신에게 도움이 되었기를."

커피를 받아 든 건이 환하게 웃으며 말했다.

"고맙습니다, 시온. 큰 도움이 되었어요. 나중에 연락드리고 식사라도 대접하고 싶은데 혹시 연락처를 알 수 있을까요?"

"후후, 저는 핸드폰을 쓰지 않습니다. 그리고 그럴 필요 없어요, 대가를 바라고 알려 드린 것이 아니니까요."

"그래도 감사해서 그러는데 연락할 방법을 알려주세요."

"하하, 그저 떠돌아다니며 그림을 그리는 인생이라 연락처는 없습니다. 나중에 혹시 지금처럼 우연이라도 마주치면 그때 사 주세요."

"아…… 그렇군요. 알겠습니다. 정말 감사했어요, 시온."

몇 번이나 시온의 손을 잡으며 감사의 인사를 건넨 건이 무언가 힌트를 잡아낸 듯 학교로 달려갔다. 건의 뒷모습을 보며 웃고 있던 시온의 표정이 순식간에 냉정하고 차갑게 변했다.

정문을 열고 들어가는 건을 노려보던 시온이 송곳니를 드러내며 웃었다.

"세상에 우연은 없다. 필연이 있을 뿐."

따뜻해 보였던 시온이 차가운 표정으로 고개를 들어 하늘을 보았다.

"자, 이제 어쩔 건가? 한계를 넘는 힌트를 주었다. 천사 놈들이 먼저 올 것인가? 아니면 악마들이 먼저 올 것인가? 흐흐흐흐흐. 뭐가 됐든 가마긴과 파이몬 녀석들에게 한 방 먹일 수 있겠지?"

시온이 있던 자리, 어지럽게 널브러진 미술용품들이 그대로 남아 있었지만 시온의 모습은 찾아볼 수 없었다.

벤치 위에서 보라색 아지랑이가 피어오른 자리는 처음부터 아무도 없었던 것처럼 휑하게 남겨졌고, 잠시 뒤 좀도둑들이 나타나 미술용품을 담아 사라지자, 아무것도 없는 빈 벤치만 남아 있게 되었다.

한편, 학교로 돌아온 건이 빈 오선지 하나와 물의 노래 뼈대를 만들어둔 오선지 두 개를 동시에 펼쳐놓고 바닥에 양반다리를 하고 앉았다. 검은 펜 하나를 들어 손안에서 굴리던 건이 펜 촉을 힐끔 보았다.

"빛의 표현, 이 검은 펜으로 가능할까?"

건의 손끝에서 빨강색 음표가 흘러나왔다. 잠시 빨간 음표를 바라보던 건이 그 위에 파란 음표를 덧칠했다.

유표의 색이 서서히 변하며 자홍색으로 바뀌는 것을 본 건이 팔을 들어 올리며 환호했다.

"만세!! 된다!!"

하지만 이내 고민스러운 표정이 된 건이 턱을 괴었다.

"자홍색은 어떤 감정이지? 그리고, 두 가지 색이 섞였다면 단지 두 가지 감정밖에 안 되잖아?"

건이 가만히 시온이 했던 말을 떠올렸다.

"노란색이 되려면 청록색과 자홍색을 섞어야 한다고 했지? 청록색은 파랑과 초록이니까 음표를 하나 더 그려 보자."

건이 자홍색 음표에 바싹 붙은 청록색 음표를 그렸다. 아무리 봐도 두 가지 감정이 섞인 색을 보던 건이 고민스러운 눈으로 오선지를 보던 중 바지 뒷주머니에 있던 전화기가 울렸다. 고민하던 중 갑자기 걸려온 전화에 그리던 악보를 놓친 건이 악보를 주워들며 전화기에 귀를 댔다.

"여보세요?"

"건 씨? 별일 없나 해서 전화했어요."

"아, 린 이사님? 하하, 어제 병준이 형 만나셨다면서요, 왜 저는 안 보고 가셨어요?"

"아, 일이 바빠 당분간 보기 힘들 것 같네요."

"아…… 그렇군요. 지금 작업실에서 연구하고 있어요, 힌트를 좀 잡은 것 같아서요."

"힌트를…… 요?"

"네, 아마 오늘은 밤늦게까지 연구해야 할 것 같아요, 하하."

"그렇군요…… 어떤 힌트를 얻었는지 물어봐도 될까요?"

린은 음표에서 색을 보지 못하는 일반인이기에 자신의 말을 알아들을 수 없다고 생각한 건이 대략적인 말만 했다.

"음…… 좀 어려운데 쉽게 말하면 색이 아니라 빛이었다는 것 정도?"

"……."

"여보세요? 이사님."

"아, 미안합니다."

"아니에요, 무슨 일 있는 것 아니죠?"

"아니에요, 그 외에 다른 일은 없었고요?"

"음, 네 없었어요. 루시도 잘 지내고 있고요."

"그렇군요, 루시 일 때문에 귀찮게 해서 미안해요."

"아니에요. 저 고양이 좋아해요, 루시같이 예쁜 고양이라면 더욱 좋아하고요, 하하."

"그래요, 그럼 당분간 부탁드리겠습니다."

"네, 바쁜 일 끝내시면 조만간 봐요, 이사님."

"네, 건 씨. 아! 아까 말한 힌트는 어떻게 얻으셨나요?"

"아…… 학교 앞에서 그림을 그리고 있던 화가와 대화에서 얻은 힌트에요."

"모르는 사람이었나요?"

"네, 처음 보는 분이었어요, 이름만 알아요."

"이름이 무엇인가요?"

"시온이요, 아 그러고 보니 풀 네임을 안 물어봤네요. 나중에 만나면 꼭 사례하고 싶은데."

"시온…… 그렇군요, 알겠습니다."

시온의 이름을 들은 린이 알겠다는 말과 함께 전화를 끊어버리자 고개를 갸웃하며 액정을 보던 건이 다시 오선지를 보았다.

음표를 그리자마자 악보를 놓치며 바닥에 쏠린 색이 번져 있는 것을 본 건이 아까운 얼굴로 음표를 문지르다가 점점 눈이 커졌다. 두 가지 색이 섞인 감색 혼합색의 음표 두 개의 색이 번진 음표의 사이에 있던 색이 서로 섞이기 시작했다.

그림을 그릴 때의 색과 다르게 서로 완전히 섞이지 않고 물결 치듯 여러 가지 색으로 빛나고 있는 것을 본 건이 황급히 펜을 꺼내 들어 새로운 음표를 쓰기 시작했다.

"머, 먼저…… 자홍색을 그려 넣고…… 그 위에 청록색 음표를 섞으면……."

음표가 세 가지 색으로 빛나는 것을 본 건이 실망한 표정을 지었다가 이내 고개를 번쩍 들었다.

"잠깐만! 자홍색을 내기 위한 색은 빨강, 파랑이고, 청록색은 파랑과 초록이다. 파랑이 겹쳐! 그럼 세 가지 색만 나오는 것이 맞구나, 그럼 전혀 다른 감정의 색을 섞는다면……."

황급히 펜을 들어 이미 그려진 음표 위에 노랑색을 덧칠한 건의 눈이 커졌다.

"검은색? 청록과 자홍을 섞은 색에 노랑을 섞으면 검은색이 되는 거였어?"

건의 눈에 보인 검은색은 그냥 검은색이 아니었다. 다급히 악보를 들고 눈에 가까이 댄 건의 표정이 확 밝아졌다.

"시온이 말한 모니터의 효과와 같다! 검은색으로 보이지만 가까이에서 보면 파랑, 초록, 빨강, 노랑의 색이 모두 보여져. 만세! 이거야, 이거!!"

♪♪

건이 학교 연습실에서 신이나 만세를 부를 때 건과의 통화를 끝낸 린은 호텔 방 소파에 앉아 복잡한 눈으로 창밖을 보고 있었다.

김이 모락모락 나는 커피잔을 우두커니 보던 그녀가 자리에서 일어나 창문 가에 섰다. 푸르름이 번지는 계절의 공원을 내려다보던 린이 심각한 표정으로 중얼거렸다.

"시온⋯⋯ 구시온."

린이 팔짱을 끼느라 가슴 아래에 두었던 손으로 주먹을 꽉 쥐었다.

"아이에게 한계를 넘게 해 악마와 천사들이 움직이게 하려는 의도인가?"

린이 하늘에 떠 있는 몇 점의 구름을 보며 중얼거렸다.

"미카엘 님, 어찌해야 합니까?"

◈ 2장 ◈
물의 노래(2)

건은 연구를 거듭했고, 결국 네 가지 색을 섞어 냈다. 아직 음악을 만들지 못했지만, 색을 섞어 내는 것만으로 만족감을 얻은 건이 밤늦은 시간임을 확인하고 집으로 돌아왔다.

피곤함에 지친 몸으로 편안한 휴식을 취할 것을 기대한 건의 눈에 한 마디로 난리가 난 레드 케슬의 모습이 들어왔다.

짖어대는 개들, 목줄을 놓친 조직원들이 바닥에 나자빠지고, 자유를 얻은 개들이 붉게 충혈된 눈을 번들거리며 정원을 뛰어다녔다. 개들은 사력을 다해 뛰어 무언가를 물고 세차게 고개를 흔들었다. 자세히 보니 개들이 물어 죽이고 있는 것은 짙은 회색 쥐였다.

스무 마리가 넘는 개 중 반수 이상이 목줄을 나부끼며 뛰어다니고 있었고, 조직원의 손에 목줄이 잡힌 개들도 주인을 질질 끌고 다니며 쥐들을 쫓아다녔다.

별채 지붕을 뛰어다니던 루시가 공중으로 점프해 하늘을 날던 까마귀를 물고 바닥에 착지했고, 앞발로 바퀴벌레 같아 보이는 벌레들을 쳐 떨어뜨리기도 했다.

항상 평화로웠던 레드 케슬의 모습과 동떨어지게 까마귀, 쥐, 벌레의 습격을 받은 이곳은 마치 전쟁터 같았다.

당황한 조직원들이 바닥을 빠르게 돌아다니는 쥐들을 향해 총을 쐈지만, 너무 빠르게 움직이는 쥐들을 총으로 정확히 조준하기는 어려웠다.

하늘의 까마귀들 역시 한 곳에 내려앉지 않고 계속 날아다니고 있었기에 조직원들의 당황은 극에 이르렀다.

차에 내려 어이없는 표정으로 레드 케슬을 보고 있던 건의 앞에 차 한 대가 섰다.

창문이 열리는 것을 보고 고개를 숙여 차 안을 본 건이 반색했다.

"병준이 형?"

"빨리 타!"

평소와 다르게 운전석에서 운전을 하고 있는 병준이 다급히 손짓했다. 까마귀 한 마리가 건에게 쏜살같이 달려드는 것을 본 조직원이 총을 난사했다. 뒤로 물러서던 건이 차의 조수석으로 몸을 밀어 넣자, 병준이 차를 급 출발시키며 외쳤다.

"벨트 매라!"

엎드려 있던 몸을 돌려 겨우 안전 벨트를 맨 건이 사이드 미러를 통해 보이는 레드 케슬을 보며 말했다.

"뭐, 뭐예요? 무슨 일이에요, 이게?"

병준이 운전대를 때리며 말했다.

"몰라, 몇 시간 전부터 갑자기 이래! 어제는 박쥐들이 난리를 치더니! 박쥐가 사라졌다고 좋아하고 있었는데, 오늘은 벌레, 까마귀, 쥐들이야! 망할 뉴욕!! 동네가 더러우니까 저런 것들이 꼬이지! 오늘은 시즈카네 집에 가서 신세 좀 지자."

건이 창문을 열고 뒤를 돌아보았다.

레드 케슬 상공을 날아다니고 있는 삼십여 마리의 까마귀들을 본 건이 다시 창문을 닫은 후 말했다.

"이게 무슨 일이지……."

"미로슬라브와 통화했어. 내일 새벽에 방역차가 와서 소독할 거니까, 오늘만 시즈카 집으로 가자고. 어! 잠깐만!"

운전 중에 걸려오는 전화는 누구인지 확인만 하고 받지 않는 병준이었지만 액정에 떠 있는 이름이 린인 것을 본 병준이 핸즈프리로 전화를 받았다.

"여보세요, 이사님!"

핸즈프리였기에 건 역시 린의 목소리를 들을 수 있었다.

평소대로 차분한 목소리의 린이 말했다.

-어디인가요?

"지금 레드 케슬을 빠져나와 시즈카의 집으로 가고 있습니다, 이사님!"

-이쪽으로 와요. 맨하탄 호텔입니다.

"아, 괜찮으시겠어요?"

-호텔 쪽이 안전할 겁니다. 차 돌리세요.

"아, 어차피 가는 길입니다. 그럼 호텔에서 뵙겠습니다!"

전화를 끊은 병준이 엑셀레이터를 더욱 강하게 밟았다. 잠시 후 호텔에 도착한 병준이 지하 주차장에 주차한 후 주위를 두리번거렸다.

멀리 작은 그림자가 바닥에 붙어 빠르게 움직이는 것을 본 병준이 대경하며 건을 엘리베이터에 밀어 넣었다.

병준의 힘에 밀려 엘리베이터 안으로 밀쳐진 건이 벽에 부딪혔지만 쥐들이 호텔까지 쫓아온 것을 본 병준은 그저 다급하게 펜트하우스 버튼을 눌러댔다. 지하에서 올라가던 엘리베이터가 로비에 서고, 노년의 부부 두 사람이 올라탔다.

아무렇지 않은 표정으로 눈인사를 건넨 병준이 닫힘 버튼을 빠르게 누르고 엘리베이터 문이 닫히는 순간 아주 작은 날벌레 한 마리가 엘리베이터 안으로 들어와 천장에 붙었다.

노년의 부부가 먼저 내리며 간단한 눈인사를 건넸고, 최고층에 도착한 두 사람이 엘리베이터에서 내리자 천장에 붙어 있던 벌레도 함께 날았다. 이 호텔에 펜트하우스는 단 한 개였기에 헤매지 않고 바로 벨을 누른 병준이 초조한 얼굴로 린이 문을 열어주길 기다렸다.

안에서 부스럭거리는 소리가 들린 후 문이 열리자, 병준이 조금 안심한 표정으로 말했다.

"이사님, 저희 왔습니다."

"들어오세요."

병준이 먼저 호텔 방으로 들어가고, 건 역시 방으로 들어온 후에도 린은 문고리를 잡고 밖을 보고 있었다.

벽에 붙어 있다가 건과 병준을 따라 호텔방으로 들어오려던 벌레가 무언가에 막힌 듯 투명한 벽에 부딪히더니 마치 전기 모기장에 걸린 모기처럼 흰 연기를 내면 타들어 갔다.

완전히 오그라져 버린 벌레의 시체를 내려다본 린이 경계의 눈초리로 다른 곳을 살펴본 후 문을 닫았다.

병준이 소파에 털썩 주저앉으며 거칠게 머리를 긁었다.

"아, 갑자기 이게 무슨 일이야? 이사님 혹시 뉴스에 뭐 안 나왔어요? 뉴욕 전체나 일부에 벌레, 까마귀, 쥐들의 습격이 있었다거나 하는 것이요."

뒤늦게 들어온 린이 고개를 저으며 맞은편에 앉았다.

"아니요, 그런 뉴스는 없었습니다."

병준의 옆에 앉은 건이 혹시 옷에 벌레가 묻어 들어왔는지 확인하며 말했다.

"그럼 레드 케슬만 저런 거예요?"

병준이 머리를 쥐어뜯으며 말했다.

"아오!! 미로슬라브, 진짜 레드 케슬에 시체라도 숨겨둔 거야? 안 그러면 저따위 것들이 들끓을 리 없잖아, 도심 한복판에서!"

린이 앉은 채 팔짱을 끼며 차분하게 말했다.

"내일 새벽에 방역한다고 했으니, 기다려 보죠."

♪♫

쾅!!

"어쩌실 겁니까!?"

흥분한 암두시아스가 브루클린 시내에서 약간 떨어진 변두리에 있는 카페에 앉아 테이블을 쳤다. 큰 소리가 났지만 다행히 단 한 명의 손님도 없는 카페는 직원마저 잠시 자리를 비웠는지 고요했다.

"조용히 하고 앉아."

평소와 다르게 웃음기를 지운 파이몬이 민소매 티셔츠와 반바지에 농구화 차림으로 앉아 암두시아스를 노려보았다.

다를 때 같으면 꼬리를 말고 앉았을 암두시아스였지만 이미 흥분한 그는 옆자리의 파이몬과 맞은편의 가마긴 앞에서 고함을 질렀다.

"제가 말하지 않았습니까, 한계를 넘으면 악마들이 움직인다니까요! 바알과 아가레스, 비싸고만 막아서 될 일이 아닙니다!"

가마긴이 조용히 깍지 낀 손을 입에 대며 말했다.

"시끄럽군. 앉아서 말하지."

"가마긴 각하! 그럴 때가!!"

"앉아."

가마긴의 한 마디에 공기가 얼어붙는 느낌이 들자, 암두시아스가 자신도 모르게 다리에 힘이 풀리며 의자에 털썩 주저 앉았다.

턱을 덜덜 떠는 암두시아스를 본 파이몬이 실소를 지으며 말했다.

"그러게, 내가 말할 때 앉지 그랬냐?"

가마긴이 파이몬을 보며 말했다.

"움직인 놈들은 누구지?"

파이몬이 웃음기를 지우며 말했다.

"포르네우스, 가프, 스토라스입니다."

가마긴이 그나마 다행이라는 듯 안도의 한숨을 내쉬었다.

"파이몬, 부탁하지."

"예, 각하. 30위권 놈들이니 제가 막아낼 수 있습니다. 다만……."

"다만?"

"포르네우스가 문제입니다. 가프와 스트라스는 제 힘을 느끼는 순간 발을 뺄 것입니다만, 포르네우스는 물의 악마를 부리는 녀석입니다. 아이가 만들어낼 음악이 자신의 힘과 중복된다는 것을 눈치챘을 테니 쉽게 물러나지 않으려 할 것입니다."

가마긴이 주머니를 뒤져 동그랗고 검은 구슬을 꺼내 테이블 위에 올렸다.

"가져다주게."

검은 구슬은 구슬 속에 은하수가 흐르는 듯한 신비로운 물건이었다. 대충 보기에도 귀한 물건임이 분명한 구슬을 본 파이몬이 두 손으로 소중하게 구슬을 받아 들었다.

"괜찮으시겠습니까?"

가마긴이 피식 웃었다.

"어차피 버려야 할 마력이다. 이리 쓰는 게 맞아."

가마긴의 마력이 담긴 구슬을 삼킨 포르네우스는 서열 경쟁에서 두 계단 이상은 상승할 것이었다.

악마들에게는 어떤 유혹보다 달콤한 마력이라는 미끼를 내어준 가마긴을 본 암두시아스가 아직도 떨리는 턱을 간신히 부여잡으며 조심스럽게 말했다.

"처…… 천사들 쪽은 움직임이 없습니까?"

가마긴이 하늘을 쳐다보며 고개를 끄덕였다.

"칼리엘, 아니, 미카엘이 약속을 지켰군."

검은 구슬을 갈무리한 파이몬이 말했다.

"루시라는 고양이, 그냥 고양이가 아니더군요. 천계의 천사들이 기르는 고양이었습니다."

암두시아스가 눈을 크게 뜨고 말했다.

"아마겟돈 당시 우리 마물들을 물어 죽이던 그 고양이 말입니까?"

"그래, 고양이 주제에 무섭고 거대한 마물들을 한 번에 물어 죽이던 그 녀석들 말이다."

"그렇군요……. 그럼 아이 쪽은 별문제가 없는 겁니까?"

암두시아스의 질문에 잠시 침묵을 지킨 가마긴이 자리에서 일어나며 말했다.

"파이몬, 어서 가서 일을 처리하게. 내일 새벽까지는 처리되어야 할 것이야."

파이몬이 씨익 웃으며 레드 케슬 방향을 노려보았다.

"바로 처리하겠습니다. 각하께서는 어쩌실 생각이십니까?"

가마긴이 멀리 보이는 레드 케슬 상공을 비행 중인 까마귀 떼를 보며 말했다.

"시바를 만나러 간다."

암두시아스가 얼빠진 표정을 지으며 말했다.

"시바요? 그놈은 갑자기 왜 만나십니까?"

가마긴이 마치 히말라야산맥이 보이기라도 하는 것처럼 한 곳을 보며 말했다.

"가루다를 좀 빌려오지."

"가루다요? 그 새 말입니까?"

"그래, 이 상황이 해결될 때까지 아이의 보호를 요청할 생각이네."

두 사람의 대화를 듣고 있던 파이몬이 나직하게 물었다.

"빌려주겠습니까?"

가마긴이 선글라스 낀 얼굴에 미소를 띄우며 말했다.

"그 녀석도 아이를 꽤 마음에 들어 하는 눈치여서 말이야, 아마 빌려줄 것이야. 구시온의 눈을 속이기 위해서 우리 셋의 개입은 최소한으로 해야 하니 할 수 없지 않나? 내 다녀올 테니 파이몬 자네는 아까 말한 세 녀석들 정리를 해주게. 그리고 암두시아스."

암두시아스가 자리에서 벌떡 일어나며 외쳤다.

"네, 넵!"

"자네는 구시온을 지켜보게. 위급 상황에는 따로 조치를 취해도 좋네."

"그, 그게 저보다 상위 서열 악마라……."

"그럼 아이 주변에 있게, 구시온이라 해도 아이에게 직접 접근하지는 않을 게야. 아이가 쓸데없는 것 때문에 정신 팔리지 않게 뒤에서 청소나 좀 해주고."

"네, 그 정도라면 충분히 할 수 있습니다, 각하."

"그래, 부탁하지."

카페에서의 토론을 정리하고 일어나려던 가마긴이 밖으로 나가려던 몸을 멈췄다. 카페 중앙 나무 바닥에 작은 회오리 바람이 생겼다.

나뭇잎 몇 개가 날리는 수준의 작은 바람은 조금 거세지더니 바닥에서 하늘로 솟아올랐다. 갑자기 일어나는 기현상을 보고 있던 파이몬이 몸을 벌떡 일으키며 경악한 눈으로 소리를 질렀다.

"시, 시바?"

검은 장발에 목에 파란 점, 상의를 탈의하고 거대한 묵주 목걸이를 찬 시바가 근육질의 팔로 팔짱을 낀 채 파이몬을 노려보았다.

"오랜만이군."

갑작스럽게 미국에 나타난 시바가 세 악마 사이로 걸어왔다. 일어나 자리를 뜨려던 가마긴이 시바를 보며 한 손을 내밀어 자리를 권했다.

"앉지."

시바가 파이몬과 암두시아스의 맞은편, 가마긴의 오른편에 자리를 잡고 앉았다.

악마나 천사가 아닌 신을 본 암두시아스가 눈치를 보며 안절부절못하자 시바가 피식 웃으며 말했다.

"도움을 주러 왔으니 그리 보지 말게."

가마긴이 선글라스를 벗어 상의 주머니에 넣으며 말했다.

"안 그래도 찾아가려 했다."

시바가 손가락을 입에 넣고 크고 긴소리로 휘파람을 불었다.

삐익!

갑작스러운 그의 행동에 얼빠진 표정을 짓던 암누시아스의 얼굴에 거대한 그림자가 드리워지자 고개를 든 암두시아스가 하늘을 보며 중얼거렸다.

"가루다……."

창공을 누비는 거대한 새가 태양을 가리자 순식간에 미국 전역에 구름이 해를 가린 것과 같은 그림자가 졌다.

붉은 깃털, 검은 부리, 웬만한 사람보다 큰 눈동자로 아래를 내려다보는 가루다가 눈을 뒤룩뒤룩 굴리자 시바가 나직하게 말했다.

"가라, 아이를 지켜라."

까아아아아악!

마치 까마귀 수천 마리가 우는 굉음을 낸 가루다의 몸이 순식간에 사라지고 나자 시바가 손가락으로 테이블을 톡톡 치며 말했다.

"손님 대접이 형편없군. 차라도 내오지그래?"

눈치 빠른 파이몬이 재빨리 일어나며 말했다.

"제가 사 오지요, 무엇을 드시겠습니까?"

시바가 메뉴판을 힐끔 보며 실소를 지었다.

"하여간 인간 놈들 메뉴는 그냥 봐서는 뭘 뜻하는지 알 수가 없군. 아무거나 부탁하지."

"네, 잠시만 기다려 주십시오."

파이몬이 주문을 하러 가자 눈치를 보며 어색해하던 암두시아스 역시 자리에서 일어나며 말했다.

"저, 저는 다른 먹을 거라도 사 오겠습니다."

암두시아스까지 자리를 떠나자 가마긴이 입을 열었다.

"알고 있었나?"

멀리 보이는 브루클린 브릿지의 아름다운 모습을 바라보던 시바가 천천히 고개를 끄덕였다.

"아이가 히말라야에 다녀간 후부터 지금까지 지켜보고 있었네."

"왜지?"

시비가 피식 웃었다.

"좋은 것의 이유는 없네, 반대로 싫은 것의 이유는 천 가지도 댈 수 있지. 좋은 것은 그저 좋은 것일 뿐이야."

가마긴 역시 미소를 지었다.

"그렇긴 하지. 가루다를 빌려줘서 고맙네. 안 그래도 지금 자네에게 부탁하러 가려는 참이었거든."

"후후, 악마 놈들의 패밀리어는 이제 걱정 말게, 가루다가 다 집어삼킬 테니 말이야."

"고맙군."

이야기를 나누는 한 명의 신과 한 명의 고위 악마 곁에 파이몬이 쟁반에 담아온 차를 내밀었다.

"네팔에서 드실 수 없는 것으로 준비했습니다. 카페라떼라고 합니다. 단 것을 싫어하시는 것 같아 시럽은 빼고 가져왔습니다."

파이몬을 힐끔 본 시바가 테이크 아웃 잔에 담긴 카페라떼를 한 모금 마셔본 후 살짝 놀란 듯 커피를 보았다.

"이게…… 카페 뭐라고?"

파이몬이 슬쩍 웃으며 말했다.

"카페라떼입니다."

"허허, 이거 별미로군. 가끔 먹어봐야겠어."

"마음에 드신다니 다행입니다."

파이몬이 돌아오기를 기다리던 암두시아스가 머뭇거리며 다가와 쿠키 몇 개가 담긴 접시를 내려놓고 멀뚱히 서 있었다.

그를 본 파이몬이 암두시아스의 등을 두드리며 웃었다.

"자, 그럼. 우리는 가마긴 각하의 명을 수행하러 가보겠습니다. 즐거운 대화하시길 바랍니다."

파이몬이 암두시아스를 끌고 사라지려 하자 커피잔을 내려놓은 시바가 말했다.

"파이몬."

파이몬이 걸음을 멈추고 돌아보자 시바가 웃으며 말했다.

"두 번째 보는 것이지?"

"네, 시바."

"나는 자네가 마음에 드는군, 언제 히말라야로 놀러 오게."

"후후, 감사합니다."

"그래, 가보게."

파이몬이 살짝 묵례를 취한 후 암두시아스와 함께 사라지자 시바가 카페라떼를 음미하며 눈을 감았다.

그 모습을 본 가마긴이 실소를 지었다.

"그거 별로 비싼 것 아니네."

눈을 감고 커피를 음미하던 시바가 고개를 저었다.

"가치를 돈으로 매기는 것은 인간들이나 하는 짓이네, 가마긴."

"후후, 그래 내가 실수했군."

"이제 어쩔 셈인가?"

"음…… 악마들은 파이몬이 막아낼 게야."

"파이몬으로 되겠나?"

"파이몬은 악마 전체 서열 9위의 고위 백작이야. 웬만한 녀석들은 저 녀석 힘을 느끼는 것만으로 꽁무니를 뺄 것이네. 매일 웃는 얼굴로 다니지만, 분쇄, 폭주, 파멸을 관장하는 것이 그의 본성이니까 말이야. 파이몬이 화가 나면 그 날로 서열 40위권 이하 악마들은 다 죽을지도 모르지."

시바가 의외라는 표정으로 파이몬이 사라진 방향을 보았다.

"그냥 장난꾸러기 같은 느낌이었는데, 그리 괄괄한 성격이었나?"

가마긴이 식은 커피를 들어 올리며 말했다.

"바알도 저 녀석이 화났을 때는 한 수 접어주지. 말하자면 독종이라고 할까?"

"독종?"

"응, 한번 꼭지가 돌면 소멸하는 것도 두려워하지 않고 싸우는 녀석이거든. 웃는 낯에 속아 까불던 놈들 여럿이 소멸됐었지."

"허허, 그렇구먼. 그럼 천사 쪽은?"

"미카엘의 오른팔, 칼리엘을 통해 약속을 받았네."

"아이를 건드리지 않겠다고 하나?"

"아니, 지켜준다고 하더군?"

시바가 눈썹을 꿈틀거렸다.

"지켜준다?"

가마긴이 고개를 끄덕이며 하늘을 올려다보았다.

"그래, 지켜준다더군. 무슨 생각인지는 모르겠지만 말이야."

시바가 진중한 눈으로 가마긴을 보다가 그가 올려보는 하늘을 함께 보았다.

한참 하늘을 보던 시바가 나직하게 웃으며 말했다.

"기다리고 있나 보군."

가마긴이 시바 쪽으로 고개를 돌렸다.

"무엇을 말인가?"

"자네를 말이야."

"나를?"

"후후, 미카엘은 자네를 친구라고 생각하지. 친구가 돌아오는 것을 기다리고 있는 것이 아니겠는가?"

시바의 말에 잠시 고민스러운 표정을 짓던 가마긴이 고개를 절레절레 흔들었다.

"친구라고 말하기에는 이제 너무 많은 시간이 흘렀어. 얼굴을 본지 삼만 년은 넘었으니 말이야."

"몇 년 만에 보아도 바로 어제 만난 것 같은 편안한 느낌을 받는 것이 친구라는 것이네. 날 믿어보게."

"후후, 내게는 자네도 그런 존재이네만."

"허허, 그럼 우리도 친구인가?"

"글쎄, 그럴지도 모르지."

대화를 멈춘 신과 악마가 서로를 바라보며 웃었다.

잠시간의 침묵이 흐르고 카페라떼를 무척이나 마음에 들어 하던 시바가 남은 커피를 들이켠 후 자리에서 일어났다.

"그만 가보지."

"와줘서 고맙네."

의자에 손을 기대고 선 시바가 앉아 있는 가마긴을 내려다 보았다.

"힌두의 아이들을 통해 구시온의 눈을 가려주지."

"그래 주겠나?"

"아이가 만들고자 하는 음악을 보았네."

"후후, 그랬군."

"아파하는 많은 이들에게 빛이 될 것이야. 자네가 어련히 알 아서 하겠지만 엇나가지 않게 길을 알려주게."

"걱정 말게."

"그래, 그럼 난 이만 가보지."

회오리바람이 일고, 가마긴을 보던 시바의 몸이 사라졌다.

바람의 잔재가 가마긴의 긴 장발을 흩날리게 하자, 다시 선글라스를 쓴 가마긴이 나직하게 말했다.

"고맙네, 나의 친구."

♪♫♪

네팔 안나 프루나 베이스 캠프.

최근 트래킹 족이 줄어들어 조금 한가해진 마을의 새벽녘.

돌로 만든 허름한 집에서 잠을 자고 있던 텐징이 부스스하게 노구를 일으켰다.

잠이 덜 깬 것은 아닌 듯 몽롱한 눈으로 초점 없이 허공을 바라보고 있던 텐징의 눈빛이 서서히 힘을 되찾는 데 약 20분의 시간이 걸렸다.

정신을 차린 텐징의 눈이 점점 경악으로 일그러지고, 이불을 발로 차 침대에서 뛰어 내려오듯 내려온 텐징이 방문을 벌컥 열며 고함을 쳤다.

"라홀!! 라홀!!!"

셰르파 마을 유일의 브라만인 라홀의 이름을 외치며 마당으로 뛰어나온 텐징의 눈에 마당 한가운데 합장을 하고 앉아 있는 라홀의 모습이 들어왔다.

"라홀!! 시, 신탁이!!"

눈을 반쯤 뜨고 합장하고 있던 라홀이 고개를 끄덕였다.

"나에게도 내려왔네."

가부좌를 틀고 있던 다리를 뻗어 자리에서 일어난 라훌이 굳은 표정으로 말했다.

"셰르파 모두를 소집해라."

"네!"

안나 프루나 베이스캠프의 평화로운 새벽이 깨어졌고, 숟가락으로 냄비를 때리며 잠이 든 셰르파들을 깨우는 시종들이 마을을 누볐다.

네팔 데우렐리.

굳은 표정의 티모가 침상의 모서리를 잡고 힘겹게 일어났다. 그의 아침 수발을 들기 위해 시종이 다가와 그의 발 앞에 무릎을 꿇고 세숫물을 올렸지만, 손을 휘저은 티모가 심각한 목소리로 말했다.

"브라만들에게 긴급회의를 알려라."

바닥에 이마를 대고 있던 시종이 크게 놀란 얼굴로 고개를 들자, 침대에서 일어난 티모가 창밖을 보며 말했다.

"신탁이 내려왔다."

감히 반문하지 못하고 다시 이마를 바닥에 찧는 시종을 본 티모가 굳은 얼굴로 말했다.

"신의 종들을 불러라. 악마를 찾아야 한다."

바닥에 엎드려 있던 시종이 총알 같은 몸놀림으로 밖으로 튀어 나갔다. 혼자 남은 티모가 한숨을 쉬며 멀리 보이는 히말라야산맥에 시선을 던졌다.

"브라흐마시여……."

네팔 뱀부.

새벽부터 절의 마당을 쓸고 있는 라마승들을 지켜보며 공기를 들이마시던 프라빈이 주지 스님이 쉬고 있는 방 쪽에서 울리는 문 소리에 고개를 돌렸다.

끼이익.

평소와 다르게 합장을 하며 문밖으로 나온 라마 하일케가 떠오르는 태양을 보며 합장을 하고, 허리를 숙였다. 영문을 몰랐던 프라빈이 다가갔지만, 엄중하고 신비로운 느낌이 드는 하일케에게 말을 걸지는 못했다. 여러 번 합장을 한 하일케가 한숨을 길게 내쉰 후 자신에게 시선을 집중하고 있는 프라빈을 비롯한 다른 라마승들을 둘러 보았다.

"준비하게."

뜬금없는 말에 정신을 차린 프라빈이 황급히 물었다.

"예? 주지 스님. 무엇을 준비합니까?"

하일케가 고개를 돌려 절 뒤 편으로 보이는 거대한 히말라야산맥을 보았다.

"악마를 찾아라. 그리고 그를 막아라."

프라빈이 고개를 갸웃하며 히말라야산맥을 보다가 무언가 깨달은 듯 눈을 크게 떴다.

"시, 신탁입니까?"

천천히 끄덕여지는 하일케의 고개를 본 프라빈이 크게 합장을 한 후 바닥에 꿇어앉아 절을 했다. 마당을 쓸고 있던 라마승 전원이 바닥에 앉아 절을 하기 시작하자, 하일케가 굳은 표정으로 말했다.

"가용 가능한 모든 라마승에게 오늘 오후까지 등반을 준비하도록 지시하게."

힌두와 티베트 불교의 힘이 합쳐지자 그 효과는 엄청났다. 트래킹을 하려고 준비하던 몇 안 되는 여행객들은 등산 장비를 온몸에 장착한 수천 명의 사람이 히말라야산맥으로 향하는 것을 보고 의아한 눈을 떴다.

그리고 그날 오후, 아무도 가 보지 못한 히말라야의 한 봉우리 아래 눈보라를 헤치며 걷고 있는 삼천여 명의 사람들이 정복하지 못한 봉우리를 노려보고 있었다.

그리고 산 중턱 동굴의 입구에서 그들을 내려 보는 한 쌍의 눈에 당황스러움이 번졌다. 자신의 보라색 옷에 내려앉고 있는 눈을 털어낸 구시온이 검은 눈을 번들거리며 말했다.

"내려가서 무슨 일인지 알아봐."

그의 곁에 앉아 있던 박쥐 두 마리가 날개를 펴고 날아올랐다. 그리고 그의 동굴에서 빠져나온 수백 마리의 박쥐가 히말라야산맥의 창공을 비행하기 시작했다.

다음 날.

전날의 난리가 거짓말이었던 것처럼 말끔히 사라졌다. 미로 슬라브에게 연락을 받은 병준이 건을 데리고 레드 케슬에 돌아왔을 때는 방역이 끝나고, 벌레나 쥐, 까마귀의 시체들까지 말끔히 정리된 후였다.

걱정스러운 표정으로 집 주변을 돌아보는 병준과 달리 도착하자마자 별채로 뛰어 들어간 건이 외쳤다.

"루시! 우리 루시 배 많이 고팠지?"

냐아아아아옹-

소파 위에 앉아 엉덩이를 핥고 있던 루시가 예쁜 얼굴로 건을 반겼다. 소파에서 훌쩍 뛰어내려 건의 다리를 타고 올라온 루시가 어깨에 자리를 잡자, 웃으며 머리를 비벼준 건이 주방에서 사료를 꺼내 밥그릇에 부어주었다.

"미안해, 사정이 있어서 급하게 나가느라 밥도 못 챙겼네. 배 많이 고프지? 어서 먹어."

건의 걱정과는 다르게 까마귀와 쥐를 배 터질 때까지 먹어 치운 루시는 밥그릇에 담긴 사료를 보는 둥 마는 둥 하며 뒷발로 귀를 긁고 있었다.

개와 달리 자신이 먹고 싶을 때 먹을 만큼만 먹는 고양이의 습성을 알고 있는 건이 배가 고프면 먹을 것이라 생각하며 방으로 들어갔다.

침대에 흩어놓은 악보들을 정리한 건이 가방에서 학교 연습실에서 작업하던 악보를 꺼냈다. 오늘은 집에서 쉬며 음악을 만들고 싶었지만, 학교 측과 약속한 것이 있었기에 다시 학교로 돌아갈 준비를 하는 건이었다.

기타 가방에 물의 노래 초본을 넣은 건이 거실로 나오자, 이제야 별채로 들어온 병준이 바지춤을 올리며 말했다.

"바로 학교 가게? 그럴 거면 왜 들어왔어?"

건이 기타 가방을 흔들어 보이며 말했다.

"하쿠는 학교에 두고 왔고, 어쿠스틱 기타도 좀 필요할 것 같아서요."

"아, 그래? 알았다. 루시 밥 줬지?"

"네, 사료통에 담아놨어요."

"그래, 데려다줄 테니 가자."

"괜찮아요, 형. 피곤하실 텐데 쉬세요."

"됐어, 인마. 내가 괜히 매니저냐? 가자."

병준이 방문을 여는 순간 루시가 총알 같이 밖으로 뛰어나갔다. 레드 케슬은 폐쇄된 공간이라 나가봐야 정원 밖으로 벗어날 수 없지만 밖에는 사나운 경비견들이 있는 것을 알고 있는 건이 재빨리 따라나섰다.

"루시, 위험해!"

루시는 별채 앞에 대기하고 있는 캐딜락의 본네트 위에 앉아 건을 기다리고 있는 듯했다.

정원을 뛰어다닐 거라 생각했던 예상과 달리 얌전하게 기다리고 있는 루시를 본 건이 기타 가방을 차에 넣은 후 루시를 안아 들고 눈을 맞췄다.

"따라가고 싶어서 그래?"

루시의 눈동자가 건의 눈을 보다가 천천히 하늘로 향했다. 고양이를 따라 자기도 모르게 하늘을 본 건이 고개를 갸웃하며 말했다.

"어? 또 새인가? 까마귀가 아닌 것 같은데……."

큰 매 정도의 크기를 가진 새가 날개를 활짝 펴고 바람에 몸을 맡긴 듯 비행하고 있는 것을 보던 건이 자신의 손에 안긴 루시가 버둥거리는 것을 느꼈을 때는 이미 루시가 그의 손에서 빠져나와 별채로 몸을 던지는 중이었다.

가만히 별채로 다시 들어가 버린 루시를 보던 건이 입술을 삐죽거렸다.

"뭐야, 따라가고 싶어 하는 줄 알았는데…… 어차피 못 데려가니 상관없지만."

병준이 상의를 갈아입었는지 다른 옷을 입고 별채 문을 열었다.

"아, 미안. 빨리 가자. 나도 너 데려다주고 시즈카 일로 미팅이 잡혀 있거든."

병준과 건을 태운 차가 떠나자 별채의 창문에서 루시의 귀여운 귀가 솟아올랐다.

하얀 얼굴에 핑크 코를 가진 루시가 동그란 눈으로 하늘을 보자, 상공을 비행하던 새가 천천히 몇 바퀴 공중을 맴돌았다.

마치 여기서부터는 자신에게 맡기라는 듯한 행동을 보인 새가 건이 사라진 방향으로 따라가는 것을 본 루시가 창틀에서 내려와 소파 위로 올라가더니 편안히 드러누워 코를 골기 시작했다.

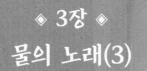

◈ 3장 ◈
물의 노래(3)

학교에 도착한 건이 연습실로 들어왔다.

시즈카와 케빈이 없는 빈 연습실에 혼자 들어온 건이 기타를 놓고, 의자에 앉은 후 생각에 잠겼다. 평탄했던 지난 음악 작업과는 다르게 음악 외적으로 여러 가지 일들이 생겨 머리가 복잡했던 건은 집중하기 위해 꽤 많은 시간 동안 명상을 해야 했다.

약 한 시간가량 정신을 집중하고 상념을 떨쳐낸 건의 눈이 떠지고 본격적인 음악에 대한 고찰이 시작되었다.

"잊지 말자, 물의 노래는 치유를 하기 위한 음악이야."

손바닥으로 양 볼을 툭툭 친 건이 시카고에서 본 자식 잃은 어머니를 떠올렸다.

"나의 음악이 이제는 그녀에게 닿기를."

펜을 꺼낸 건이 눈을 감고 숨을 골랐다. 마치 서예가가 한지를 앞에 놓고 정신을 가다듬듯 호흡을 한 건이 오선지 위에 음표들을 그리기 시작했다. 다른 작업과 달리 하나의 음표를 그려 넣는데 네 번씩의 감정을 사용한 건이 한 마디를 그려 넣은 후 팔을 늘어뜨렸다.

이제 단 한마디를 그려 넣을 뿐이었지만 마치 서너 곡을 쓴 것 같은 피로감을 느낀 건이 오른쪽 어깨를 빙빙 돌렸다.

"역시 쉽지 않네."

잠시 쉬고 싶은 마음이 굴뚝 같았지만, 근래 벌어지는 일들로 인해 다시 집중하기 힘든 것을 아는 건이 다시 한번 양 볼을 짝짝 소리 나게 친 후 오선지를 노려보았다.

"영원한 고통은 없어, 언젠가 반드시 비는 그치고 구름 사이로 파란 하늘이 보인다. 슬픔이 밀려와 고통이 심장 속으로 파고들 때 그 역시 비구름처럼 지나갈 것이라는 마음을 담자."

다시 한 마디를 그려 넣은 건이 빨강, 주황, 노랑, 초록으로 형형색색 빛나고 있는 음표들을 보며 만족스럽게 웃었다.

이제 두 마디를 그려 넣었지만 처음 해보는 작업은 그에게 피로감과 만족감을 동시에 주고 있었다. 건이 웃음을 지으며 오선지를 조명에 비추어 보다가 문득 고민스러운 표정을 지었다.

악보를 바닥에 내려놓은 건이 팔짱을 끼고 생각에 잠겼다.

"행복이란 뭘까?"

혹자는 행복은 적거나 없는 것이 아니라 행복하면서도 그것을 알지 못하기에 불행함을 느낀다고 했다. 사람들은 낯선 곳에서 동전을 주우려 하지만, 정작 자기 발밑에 떨어진 행복은 주우려 하지 않는다 하였다.

하지만 건이 만들려는 음악은 행복을 주려 함이 아닌, 아픈 사람에게 치유를 주기 위한 음악이었다.

"음…… 치유와 행복."

건이 펜까지 내려놓은 후 깊은 상념에 빠지며 중얼거렸다.

"치유가 필요한 사람은 행복하지 않겠지? 하지만 그 속에도 분명 행복함은 있을 거야, 뒤돌아볼 여유가 없는 것이겠지. 몸이 아프면 예민해지니까."

고작 음악으로 몸이 아픈 사람을 낫게 할 수는 없다. 하지만 정신적인 고통을 겪는 사람에게 조금이나마 도움이 되는 음악을 만드는 것이 나의 목표라고 생각한 건이 고개를 세차게 흔들었다.

"다른 생각은 하지 말자, 앨범 작업의 음악은 물의 노래 한 곡이 아니니까. 일단 치유의 음악을 완성하고, 다음 고민을 하는 거야."

의자에서 등을 뗀 건이 다시 악보에 집중하기 시작했다.

♪♪♩

　평화롭고 조용한 연습실 안. 하지만 줄리어드 스쿨 밖은 그리 편안하지 않았다. 물론 학교에 오가는 학생들은 몰랐지만 줄리어드의 상공, 인간의 눈으로는 보이지 않을 높이에서는 그야말로 학살이 벌어지고 있었다.

　가루다의 검은 부리에 피 묻은 검은 깃털이 달려 있었다. 거대한 부리가 열릴 때마다 그 안으로 들어오고 있는 수십 마리의 까마귀와 박쥐들이 비명을 질렀지만, 그것은 마치 고래가 새우 떼를 집어삼키는 것처럼 순식간에 그들을 집어삼켰다.

　가끔 피가 묻은 검은 깃털이 땅으로 떨어지곤 했지만, 지상에 있는 인간들은 새 한 마리의 시체도 구경하지 못했다.

　그저 나무에 붙어 있던 새의 깃털이 바닥에 떨어지는 것이라 생각한 인간들은 하늘을 올려다봤지만 태양에 가까운 곳에 작은 점처럼 보이는 새들의 사투는 인간의 눈으로 볼 수 있는 성질의 것이 아니었다.

　줄리어드 스쿨의 옥상.

　팔짱을 끼고 하늘을 올려다보고 있던 가마긴이 천천히 고개를 끄덕였다.

"역시 가루다군."

사투를 벌이는 것은 까마귀와 박쥐 쪽이었다. 가루다는 여유 있는 활강으로 한 번에 몇십 마리씩 집어삼키며, 가끔 긴 울음소리를 내고 있었다.

아직도 많이 남은 박쥐와 까마귀를 번들거리는 눈동자로 보던 가루다가 다시 한번 활강을 준비하기 위해 날개를 접으려다가 검은 눈에 이채가 띄어졌다.

사력을 다해 공격하거나 피하려던 박쥐와 까마귀 떼들이 일순간 공중에서 몸을 멈췄다가 한 방향을 바라보았다.

가루다 역시 그들이 보는 방향을 보았지만, 석양이 지는 늦은 오후의 하늘 말고는 보이는 것이 없었다. 다시 그들에게로 고개를 돌린 가루다의 눈이 살짝 커졌다.

수백 마리의 박쥐와 까마귀 떼들이 한 방향으로 줄지어 날아가고 있었다. 연신 뒤를 돌아보며 가루다의 눈치를 보며 퇴각하는 그들이 향하는 곳은 줄리어드 방향도, 레드 케슬의 방향도 아니었다. 단지 사력을 다해 가루다에게 멀어지려는 듯 힘찬 날갯짓을 하고 있는 그들을 본 가마긴이 팔짱을 펴며 그들이 날아가고 있는 방향으로 고개를 돌렸다.

"음…… 파이몬의 일이 끝났나 보군."

파이몬이 다른 악마들과 협상을 끝냈는지 그들의 패밀리어들이 한 번에 모습을 감추었다. 하지만 가루다는 경계를 늦추지 않고 여전히 무서운 눈을 부라리며 상공에서 아래를 내려다보고 있었다.

가마긴이 멀리 보이는 석양을 보며 말했다.

"시바, 부탁하네."

가마긴의 푸른 눈이 번뜩이자 그의 시야가 순식간에 반경을 넓혔다.

산과 들을 지나 바다를 건너 히말라야산맥까지 뻗어 나간 그의 눈동자에 눈보라가 치는 산을 들쑤시고 다니는 수천의 인간들이 보였다.

후드를 쓰고 눈보라를 막으면서도 지팡이에 힘을 주고 한 발짝 나아간 티모 촌장이 고함을 질렀다.

"반드시 찾아라!! 브라흐마의 신탁이다!"

그의 말에 지팡이로 눈 속을 쑤셔대며 수색을 하던 인간들의 손발이 더욱 빨라졌다. 일렬로 줄을 지어 산 아래부터 위로 올라가며 수색하는 인간들의 포위망은 바늘 하나 빠져나갈 틈이 없어 보였다.

가마긴의 시선 안에 하얀 설원 원숭이 한 마리가 절벽 끝에 앉아 있는 것이 보였다.

일반적인 원숭이는 몸을 긁거나 꼬리를 흔들고, 입을 오물거리는 행동을 했겠지만 흰 원숭이는 아무 행동 없이 그저 사람들을 내려다보고 있었다.

푸른 눈빛을 일렁이던 가마긴이 이를 드러내며 말했다.

"구시온."

눈에 띄게 당황한 표정을 짓던 원숭이가 나무 위로 올라가 더 높은 봉우리로 뛰어 올라가기 시작하는 것을 본 가마긴의 눈에서 천천히 푸른 빛이 사라졌다. 마지막 남은 불꽃이 사라지자 다시 선글라스를 쓴 가마긴이 몸을 돌렸다.

"인간의 공포를 마력의 근원으로 삼고 있는 녀석이니, 공포가 없는 인간들을 오히려 두려워하겠지. 그래, 그의 눈을 가려 다오, 그렇지 않다면 내 손으로 직접 처리해야 할 테니."

가마긴이 조용히 고개를 들어 하늘을 보았다.

"내 손으로 직접 처리하게 되면 72 악마들이 가만있지 않겠지만 말이야."

건이 물의 노래의 기초 악보를 완성하는 데 걸린 시간은 6일이었다. 몇 시간 만에 써 내려간 다른 곡들과는 다르게 곡에 깊은 애정을 느낀 건은 오전부터 시즈카와 케빈에게 도움을 요청했다.

건의 호출을 받고 한 시간도 안 되어 모인 두 사람이 악보를 받아 들고 각자 분석을 하는 동안 아더에게도 전화를 걸었다.

스케줄을 점검한 건이 키보드 앞에 앉아 소리가 나지 않게 건반을 눌러보고 있는 시즈카에게 다가왔다.

"어떤 것 같아?"

시즈카가 살짝 당황한 표정을 지으며 말했다.

"그게…… 분명 그리 어려운 곡은 아닌데, 느낌을 살리려면 연습이 좀 필요할 것 같아요."

"응, 그렇겠지? 혼자 연습해 보다가 혹시 어려운 부분이 있으면 바로 알려줘."

"네, 케이는 뭐 할 거예요?"

"응, 난 바로 기타 파트 녹음 들어가려고."

"그렇군요, 드러머는요?"

"음, 드럼 파트가 가장 먼저 녹음되어야 하는데, 드러머가 영국에 있어. 연락해서 스케줄을 잡고 있으니까 그 전까지 연습하면 돼. 시간은 충분할 거야."

앰프에 연결하지 않은 베이스 기타를 튕기던 케빈이 고개를 돌렸다.

"드러머는 뭐 하는 사람이야? 호세를 쓰면 되지 않나?"

건이 웃음을 지으며 고개를 저었다.

"나의 드러머야, 아더 호지슨이라는 이름이고."

건의 입에서 나의 드러머라는 소리가 나오자 케빈과 시즈카가 동시에 동작을 멈췄다.

갑자기 두 사람이 자신에게 시선을 집중하자 어리둥절한 건이 물었다.

"왜 그래?"

케빈이 심각한 얼굴로 베이스 기타를 놓고 검지 손가락으로 자신을 가리켰다.

"나는?"

건이 눈썹을 찡그리며 말했다.

"너, 뭐? 넌 케빈이지."

"아니, 난 뭐냐고."

"무슨 소리야 그게?"

케빈에게 영문 모를 표정을 짓던 건에게 시즈카까지 합세하여 물었다.

"케이, 저는요?"

"응? 무슨 말을 하는 거야, 둘 다?"

"저는 케이의 피아니스트 아니에요?"

그제야 눈치챈 건이 배시시 웃었다.

"하하, 그 말이었구나. 시즈카는 당연히 나의 피아니스트지. 그럼!"

시즈카가 홍조 띤 얼굴로 작게 웃었다. 그녀의 웃음은 작았지만 기쁨은 웃음의 크기와 비례하지 않는지 점점 얼굴 전체로 웃음이 번져간 그녀는 입이 귀에 걸린 채 연습에 열중하기 시작했다.

그 모습을 본 케빈이 여전히 자신의 얼굴을 가리키며 재촉하자, 웃음을 지은 건이 할 수 없다는 듯 어깨를 으쓱했다.

"휴, 베이시스트는 언제 구할 수 있으려나?"

건의 말에 세상이 무너진 표정을 지은 케빈이 어깨를 축 늘어뜨리자 시즈카가 입을 가리고 웃음을 터뜨렸다.

잠시 케빈을 놀렸던 건이 그의 어깨에 손을 올리며 말했다.

"케빈 윈스턴. 나의 베이시스트. 세상에 하나뿐인 나의 베이시스트지."

축 늘어졌던 케빈이 고개를 번쩍 들었다. 얼마나 실망을 했는지 눈물까지 글썽이던 케빈이 물었다.

"진짜지?"

"하하, 그럼! 진짜지."

"히히히, 그럼 그렇지. 좋아! 오늘은 연습으로 불살라 주겠어!"

한껏 기합이 들어간 케빈의 어깨를 몇 번 더 두드려준 건이 녹음을 위해 자리를 떴다. 샤론에게 부탁해 녹음실을 지원받은 건이 하쿠와 J200을 모두 가지고 녹음실 문을 열었다가 그대로 자리에서 굳었다.

"아, 안녕하세요?"

당연히 비어 있을 줄 알았던 녹음실에 줄리어드의 교수들이 꽉 들어차 있었다.

샤론과 존 코릴리아노, 은퇴한 프라이스 교수와 학장, 피아노 학과 교수, 금관악기의 교수 등 열 명이 넘는 교수들이 간이 의자에 앉아 담소를 나누고 있는 것을 본 건이 어색한 인사를 한 후 문 뒤로 고개를 빼 스튜디오 넘버를 확인하였다.

"스튜디오 S 맞는데……."

혹시 자신이 잘못 찾아온 것은 아닐까 해서 다시 문에 걸린 스튜디오 넘버를 확인하던 건에게 녹음실 안의 의자에 앉아 있던 레온틴 프라이스가 말했다.

"케이, 여기 맞아요."

"아, 교수님! 오랜만이에요."

"호호, 그래요 들어와요."

"네, 교수님. 실례하겠습니다."

존 코릴리아노가 일어나 교수진들과 마주보는 자리에 의자를 가져다 놓고 자리를 권했다.

졸지에 면접이라도 보는 듯한 풍경이 연출되자 어색했던 건이 말을 더듬었다.

"에…… 이게 무슨 일인가요?"

맨 앞자리에 레온틴 프라이스와 함께 앉은 샤론이 웃으며 말했다.

"케이가 정규 앨범 녹음을 한다니 다들 구경하고 싶었나 봐요, 학장님은 학점 인정 때문에 점검하러 오신 것이고요."

머리가 하얗게 샌 노년의 덩치 큰 남성이 히죽 웃으며 나섰다.

"세 번째 보는 것이지요?"

건이 예의 바르게 두 손을 모으고 말했다.

"안녕하세요, 크리스티안 퓰리시치 학장님."

"허허, 그래요. 학점 인정은 이사회에서 결정할 문제라 제가 직접 점검을 나왔습니다. 방해가 되지 않았으면 하는군요."

"아…… 그렇군요. 그런데 오늘은 다른 악기 없이 기타만 녹음할 거라서요."

"허허, 괜찮습니다. 그저 작업이 잘 진행되고 있는 것만 체크하면 되니까요."

"아, 그러시군요. 알겠습니다, 학장님."

"그래요, 우린 없는 것으로 생각하고 녹음하세요."

속으로 그게 되겠냐고 수없이 외쳤지만 결국 입 밖으로 내지 못하고 기타를 챙겨 묵례를 취한 후 녹음실로 들어간 건이었다.

녹음실의 문을 닫으면 밖에서 안의 소리가 들리지 않으므로 존 코릴리아노 교수가 컨트롤박스를 조절해 녹음실에서 연주되고 있는 음악이 밖에도 들리도록 조절하였다.

앰프에 기타를 연결한 건이 일부러 교수들을 등지고 앉으며 인상을 찌푸렸다.

'집중해야 하는데! 칫!'

결국 대략적인 뼈대만 녹음하고, 이후 집중력을 발휘할 수 있을 때 재녹음을 해야겠다고 생각한 건이 악보의 음표를 따라 연주를 시작했다.

하지만 블루스도 록 음악도 아닌 장르였기에 기타가 차지하는 비중과 퍼포먼스가 비교적 적은 음악으로 교수진들에게 인정을 받을 수 있을까 걱정한 건은 연신 집중을 하지 못하고 여러 번 녹음을 진행했다.

결국 한숨을 지은 건이 자리에서 일어나 몇 번이나 호흡을 가다듬고 눈을 감고 명상에 잠기는 것을 본 크리스티안 학장이 샤론 교수에게 소근거렸다.

"우리 때문에 방해가 되는 것 같지요?"

샤론 교수가 미소를 지으며 명상에 잠긴 건의 뒷모습을 보았다.

"네, 당연하지요. 하지만 이런 수준의 압박에 굴할 학생이 아닙니다, 두고 보세요."

"아, 그렇다기보다는 이미 세계적인 명성을 쌓은 학생이니 굳이 방해할 것 없이 결과물만 보아도 되지 않을까 해서 드리는 말씀입니다."

"호호, 그냥 계셔도 돼요."

가만히 듣고 있던 레온틴 프라이스 교수가 고운 웃음을 지으며 말했다.

"케이는 일반 학생들과 다른 학생입니다. 그는 곧 집중해 낼 것이에요, 기다려 보지요."

존 코릴리아노 역시 아무말없이 고개를 끄덕이는 것을 본 크리스티안 학장이 멋쩍은 웃음을 지으며 말했다.

"허허, 교수님들의 신뢰가 대단하군요, 하긴 케이 정도면……?"

말을 하던 크리스티안 학장이 갑자기 울리기 시작하는 맑은 기타음에 고개를 획 돌렸다. 등을 보이고 선 건이 고개를 살짝 들고 연주를 하기 시작했다.

뒷모습밖에 보이지 않지만 눈을 감고 집중하고 있는 것을 눈치챈 크리스티안 학장의 입이 닫혀지고, 그의 뒷모습에 시선을 고정한 그는 이내 자기도 모르게 음악이 주는 여운에 명상에 잠겼다.

바다.

일반적인 물빛 바다가 아닌, 바닷속 땅바닥까지 훤히 드러나 보이는 맑은 바다에 하얀 요트 한 대가 떠 있었다.

요트 내에 설치된 그물침대에 누워 휘파람을 불던 그가 몸을 휘감는 기분 좋은 바닷바람에 환한 미소를 지었다.

파도 없이 잔잔한 바다가 주는 미세한 운동마저 기분 좋게 느꼈던 그가 에메랄드빛 바다로 뛰어들었다.

멀리까지 시야가 확보되는 맑은 물속에 색색의 해초들이 파도의 움직임에 따라 춤을 추고, 예쁘고 작은 물고기들이 다가와 놀자며 보챘다.

물속에서 눈을 뜨지 못하는 자신이었지만 이상하게 바다의 아름다운 모습이 모두 보이는 것을 이상하게 생각하던 그가 멀리서 다가오는 돌고래 한 마리에게 시선을 주었다.

유려한 곡선을 뽐내며 온몸을 반짝거리는 돌고래가 자신의 발을 살짝 깨물며 함께 놀자는 뜻을 보냈다.

숨도 차지 않는지 한 번도 물 밖으로 고개를 내밀지 않은 자신이 돌고래의 등지느러미를 붙잡자, 천천히 수영하던 돌고래가 빠르게 헤엄치기 시작했다.

물 밖으로 점프하는 돌고래 덕에 바다 위 하늘 높은 곳으로 던져진 자신이 공중에서 환호를 내질렀다.

"야호!!"

자기도 모르게 자리에서 벌떡 일어나 탄성을 내지른 크리스티안 학장이 정신을 차리고 부끄러워하는 표정으로 교수진들을 보았다.

"아…… 죄, 죄송하……?"

크리스티안 학장의 눈에 비친 교수들은 모두 두 눈을 감고 있었다. 각자 무엇을 상상하는지 몰랐지만, 모든 교수의 입가에 짙은 미소가 달려 있는 것을 본 크리스티안 학장이 놀란 눈으로 녹음실 안에서 연주 중인 건을 보았다.

그저 기타 연주일 뿐이었다. 자신은 명문 줄리어드의 학장, 마흔 후반에 학장을 맡은 후 수많은 천재 연주자들이 이곳을 거쳐 갔고, 그 수만큼 많은 연주를 지켜보았다. 하지만 단연코 오늘과 같은 경험을 해본 적 없던 그가 어안이 벙벙한 표정을 지으며 중얼거렸다.

"무슨 연주가……."

그의 눈에 비친 건의 뒷모습에서 거장의 모습을 본 크리스티안 학장이 다시 한번 나직하게 말했다.

"이제 졸업도 안 한 학생에게서 이런 느낌을 받는 것은 처음이군…… 교수들이 그리 아끼는 이유가 있었어. 단지 세상의 인기를 얻은 학생이라 아낀 것이 아니었다, 그가 지닌 음악의 힘을 알아본 것이었어."

새삼스럽게 자신과 함께 일하고 있는 교수진들을 자랑스러운 눈으로 훑어본 크리스티안 학장이 다시 자리에 앉아 눈을 감고 건의 연주에 정신을 맡겼다.

30여 분이 지나고 녹음을 마친 건이 녹음실 밖으로 나왔을 때 컨트롤박스에 앉아 있던 교수 십여 명이 모두 일어나 기립 박수를 쳤다.

"브라보!!"

"최고의 연주입니다, 케이!"

"우리 학생들에게도 꼭 들려주고 싶군요!"

건은 녹음을 끝내고 자신이 생각해도 만족스러운 연주를 해냈다는 것을 이미 알고 있었기에 그저 빙그레 미소를 지으며 답례를 했다.

"고맙습니다, 교수님들."

존 코릴리아노가 한껏 웃음을 지으며 연신 박수를 쳤다.

"오늘같이 우리 학교가 자랑스러웠던 적은 없는 것 같군요, 케이 당신은 우리 줄리어드의 자랑이에요! 하하."

"과찬이십니다, 교수님. 더 열심히 할게요."

겸손의 말에 장난스러운 고함이 터져 나왔다.

"거기서 더 열심히 하면 우리 같은 사람들은 가랑이가 찢어지겠군요, 하하하!!"

"맞아요!! 하하!!"

"이거 가르치는 것이 아니라 오히려 배워야 할 판이군요, 부끄러워서라도 오늘은 종일 연습을 좀 해야겠어요, 안 그렇습니까, 교수님들?"

"하하, 그렇군요! 다들 연습하러 가시지요, 하하!"

♪♫

기타 파트 녹음본을 이메일로 아더에게 보낸 지 사 일 후, 오늘 연습실에 영국에서 날아온 아더가 처음 참여한다는 기대감에 가슴이 두근거렸던 건이 학교 스튜디오 문을 열기 위해 문고리를 잡았다가 안에서 터져 나오는 고함 소리에 얼굴을 굳혔다.

"뭐요? 오늘 처음 합류한 사람이 뭐가 어째?"

케빈의 것으로 보이는 고함을 들은 건이 문을 열려고 하다가 차분하고 착하기만 한 시즈카의 뾰족한 목소리에 다시 한 번 몸을 굳혔다.

"아니, 여보세요, 당신이 뭔데 케이의 음악에 딴지를 걸어요? 그럴 자격이 되세요?"

다른 것은 몰라도 음악에 대해서만은 진지하게 대하는 시즈카까지 언성을 높이는 것을 확인한 건이 문을 벌컥 열었다.

연습실 안에 얼굴이 붉어진 케빈이 자리에서 일어나 있었고, 시즈카는 건반 앞에 앉아 건을 보고는 혹시 자신이 언성을 높이는 것을 들켰을까 안절부절못하고 있었다.

자신의 말로 상대가 이렇게 화를 낼 것이라는 생각을 못 했는지 우물쭈물하고 있는 아더가 건을 보며 미안한 표정을 짓고 있었다.

잠시 세 사람을 둘러본 건이 입을 열었다.

"무슨 일이지, 케빈?"

싸움만으로도 충분히 화가 난 건이 싸늘한 목소리로 묻자 평소와 다른 그의 모습에 놀란 케빈이 말을 더듬거렸다.

"아, 아니…… 그게……."

시즈카 역시 건이 화를 내는 것을 처음 보는지라 무척 당황하며 딴청을 부리자, 아더가 나서며 말했다.

"죄송합니다, 제 탓입니다."

건이 아더와 눈을 맞추며 물었다.

"무슨 일인지 설명해 주세요, 아더."

"그것이……."

아더가 조금 전 일을 떠올렸다.

♪♪

건의 밴드를 만난다는 사실만으로 가슴을 두근거리며 미국에 입국한 아더는 신상품 출시로 바빠 건이 보내준 기타 파트 음을 미처 들어보지 못하고 미국에 들어왔다.

바로 연습을 시작할 수도 있기에 공항에서 줄리어드로 오는 택시 안에서 이어폰을 끼고 음악을 듣던 아더가 살짝 얼굴을 찡그렸다.

"박자가…… 미세하게 안 맞는구나, 하긴 드럼이 먼저 녹음 되어야 하는데 그냥 녹음하니 어쩔 수 없겠지. 하지만 대단하구나, 매트로놈도 안 쓴 것 같은데 이 정도 박자 감각이라니, 역시 케이다."

줄리어드에 도착한 아더가 처음 와보는 음악 천재들의 학교를 촌놈처럼 이리저리 기웃거리며 구경하다가 미리 알아두었던 연습실에 노크를 했다.

똑똑.

안에서 들어오라는 답이 들리자 문을 연 아더가 바닥에 앉아 있는 금발 미남을 보며 말했다.

"아, 당신이 케빈이군요? 아더 호지슨이라고 합니다."

멀뚱히 아더를 보고 있던 케빈이 그가 건의 드러머임을 알아채고 자리에서 일어나 웃었다.

"오셨군요, 반갑습니다. 케빈 윈스턴입니다."

"하하, 잘 부탁드립니다."

처음 케빈과의 만남은 무척 유쾌했다. 케빈은 사람을 편하게 만드는 재주를 가진 사람이라 아더와도 금방 친해졌고, 곧 도착한 시즈카 역시 케빈의 농담에 섞여 금방 친해졌다.

문제는 음악에 대한 이야기가 나오고 난 후였다.

시즈카가 악보를 넘겨 보며 조금 심각해진 얼굴로 말했다.

"케빈, 연습 다 했어? 오늘 처음 합주하는 건데."

케빈이 머리를 긁적이며 고개를 저었다.

"아니, 좀 이상해. 분명히 쉬운 곡이거든? 솔직히 Fury가 난이도는 훨씬 높지. 이건 느린 곡이잖아. 그런데 이상하게 뭔가 잡힐 듯 잡히지 않아. 느낌이 안 산다고."

시즈카가 깊은 한숨을 지으며 말했다.

"나도 그래. 명 음악가가 만들었다던 클래식 명곡들도 이렇게까지 연주가 어렵진 않을 것 같아. 제대로 분위기를 살리려면 며칠 연습해서는 가당치도 않겠어."

케빈이 시즈카의 한숨을 따라 하며 아더에게 시선을 보냈다.

"아더는 연습 좀 했어요? 아, 시간이 너무 없었죠?"

아더가 여기저기 기스가 난 드럼 스틱을 꺼내 들며 말했다.

"드럼 부분부터 녹음해야 할 것 같습니다."

케빈이 무슨 당연한 소리를 하느냐는 듯 혀를 찼다.

"당연하죠, 음악 녹음에 드럼부터 녹음하는 건 당연한 거니까요, 케이 정도 되니까 기타부터 녹음한 거죠, 카를로스도 저렇게는 못해요."

아더가 스틱을 휘두르며 아무렇지 않게 말했다.

"박자가 조금씩 어긋나 있었어요."

케빈과 시즈카가 동시에 고개를 들었다.

"예?"

"케이가 연습하라고 준 녹음 파일 말입니다. 박자가 어긋나 있어요, 드럼부터 녹음하고 다시 기타 파트를 녹음해야 합니다."

케빈과 시즈카의 눈빛이 사나워졌다. 자신들의 리더이자 가장 존경하는 뮤지션이기도 한 케이가 틀렸다고 말하는 것을 용납할 수 없었던 케빈이 고함을 지르기 시작했다.

"뭐요? 아니 케이가 누군지 알고 그따위 소리를 하는 거요, 당신?"

갑자기 언성을 높이는 케빈 때문에 놀란 아더가 스틱을 떨어뜨렸다.

당황한 아더가 시즈카를 보자 그녀 역시 자신을 노려보며 뾰족한 음성으로 말했다.

"당신에게 감히 케이를 평할 수 있는 자격이 있는지 보고 싶군요."

아더가 두 사람을 번갈아 보며 양손을 들어 올렸다.

"아니, 그게 아니라 난 단지 박자 이야기를 하는 거……."

케빈이 다시 고함을 질렀다.

"박자는 음악 아니야?! 케이에게 감히 지적질을 하다니, 그 정도 실력은 됩니까, 당신!?"

박자 이야기가 나오자 그에 대한 자부심이 있는 아더가 발끈했다.

"케이가 만능입니까? 물론 나도 충분히 존중하고, 대단한 뮤지션이라고 생각합니다만, 그 역시 연주하다 보면 박자가 어긋날 수 있습니다, 그것을 지적한 것이 그리 큰 잘못인가요?"

"뭐요? 오늘 처음 합류한 사람이 뭐가 어째!"

"아니, 여보세요, 당신이 뭔데 케이의 음악에 딴지를 걸어요? 그럴 자격이 되세요?"

♪♪♪

"이렇게…… 된 겁니다. 분란을 일으켜 미안합니다, 케이."

일어나서 고개를 숙인 아더에게 다가간 건이 그의 어깨를 툭툭 쳤다.

"잘못한 것 없으니 앉으세요."

건이 아더를 두둔하자 케빈이 나서며 외쳤다.

"아니, 첫 날부터 리더를 지적하는 드러머를 가만두겠다는 거야?"

건이 케빈과 시즈카를 보았다.

시즈카 역시 케빈과 같은 생각인지 그녀답지 않게 눈에 힘을 주고 아더를 노려보고 있었다.

"너희 두 사람. 날 의심하고 있는 거야?"

생각지도 않은 건의 말에 놀란 시즈카가 말을 더듬었다.

"네? 그, 그게 무슨 말이에요, 우리가 케이를 의심하다니요?"

케빈 역시 무슨 소리냐는 듯 외쳤다.

"난 우리 엄마보다 케이 널 더 믿는다고! 그게 무슨 말이야?"

팔짱을 낀 건이 진중한 표정으로 말했다.

"너희 두 사람. 내 친구야, 그렇지?"

"당연하지!! 난 당연히 네 친구지!"

"그럼요! 내게 친구라고 말할 수 있는 건 케이와 케빈 둘뿐이라고요."

하나된 마음으로 외쳐대는 두 사람을 본 건이 싱긋 웃음을 지으며 옆에 선 아더의 어깨에 손을 올렸다.

"그래, 너희가 믿는 내가 뽑은 드러머야. 왜 뽑았을까?"

그 부분은 생각해 보지 않은 케빈이 머뭇거리자 시즈카가 작은 목소리로 말했다.

"그야…… 실력이 있으니까 뽑은 것 아니에요?"

시즈카의 말에 발끈한 케빈이 말을 보탰다.

"여기 실력 없는 사람이 어디 있어?"

건이 피식 웃으며 말했다.

"그래, 모두가 실력 있는 사람들이지, 아무리 친해도 실력이 없었다면 함께하지 않았을 거야, 서운할 수도 있겠지만 그건 진실이지."

어떻게 보면 서운하게 들릴 수도 있었겠지만 자신들의 실력을 인정해 주는 말이기도 했기에 시즈카와 케빈은 기분 좋은 고갯짓을 했다.

그런 두 사람을 본 건이 아더의 어깨를 꼭 잡으며 말했다.

"난 시즈카보다 피아노를 잘 칠 자신이 없어, 케빈보다 그루브한 베이스 연주를 할 자신도 없지."

속으로 네가 마음만 먹으면 나보다 잘 연주할 수 있잖아 라는 말을 겨우 삼킨 케빈이 아더를 보았다.

"그럼…… 아더도?"

"응, 난 아더보다 더 정확한 박자를 연주할 자신이 없어. 그래서 아더를 데려온 거야."

"시계 만드는 사람 아니었어?"

"응, 맞아. 세상 누구보다도 정확한 시계를 만드는 사람이지."

케빈이 약간 누그러진 얼굴로 아더를 보자, 나이가 조금 더 많은 아더가 먼저 손을 내밀었다.

"조금 더 생각을 해보고 말씀드렸어야 했는데, 생각이 짧았습니다. 기분 나쁘게 해드려 죄송합니다."

아더의 손을 맞잡은 케빈이 시선을 돌리며 딴청을 피웠다.

"아…… 뭐, 저, 저도 죄송해요."

시즈카에게 다가간 아더가 역시 손을 내밀며 말했다.

"나도 당신의 친구가 되고 싶군요, 시즈카."

시즈카가 아더의 손을 맞잡고 기어들어 가는 목소리로 말했다.

"네……."

사과가 오가는 것을 본 건이 손뼉을 치며 말했다.

"처음 만난 자리니까 오늘은 술이나 마시자!"

술이란 말에 반색을 한 케빈이 베이스 기타를 던져 버리다시피 하며 일어났다.

"우오 오 오!! 그렇지, 남자는 술로 친해지는 거야!"

시즈카도 재빨리 악보를 정리하고 일어나는 것을 본 건이 장난스러운 눈으로 말했다.

"오늘은 손님이 더 있어. 아마 원 없이 술 마실 수 있을 거야."

케빈이 신난 표정으로 소리를 질렀다.

"우오오오!!! 그래! 좋아, 얼마든 불러 오늘 마시고 죽자고!"

"후후, 과연 네가 두 시간 뒤에도 웃을 수 있는지 보자고."

"무슨 소리야! 술로 날 이길 수 있는 사람은 세상에 없어!"

"후후, 그래."

학교를 나선 네 사람이 비비킹 클럽으로 향했다. 오랜만에 방문한 건을 반겨준 직원들이 VIP실로 안내했고, 곧 주문한 음식들과 술이 나오기 시작하자 맥주잔을 들어 올리며 연신 치어스를 외치던 케빈이 신난 말투로 물었다.

"그 손님이란 사람은 언제 와? 한 명이야?"

"아니, 두 명. 이제 올 시간 다 됐어."

그리고 그 날, 케빈은 주신(酒神)의 방문을 받았다. 건의 연락을 받고 비비킹 클럽으로 온 스넵 독과 에미넴은 케빈이 돌아가신 증조부가 보일 때까지 술을 먹였고, 케빈은 한 시간도 안 되어 테이블에 얼굴을 박고 쓰러졌다.

그리고 케빈 옆에 나란히 고개를 박고 잠든 아더가 케빈의 어깨에 손을 올린 채 잠꼬대를 했다.

"음냐…… 그만 줘요, 스넵……"

의자에 양발을 올려놓고 쪼그리고 앉은 네미넴이 연신 킥킥댔다. 스넵은 주량이 늘어난 건을 보고 놀라며 계속 술을 시켰고 겨우 버티던 건은 맥주가 위스키로 바뀌고 얼마 안 돼 쓰러지고 말았다.

오늘도 승리했다는 만족감에 도취된 스넵이 브이를 그리자, 한심하다는 눈빛으로 그를 보고 있는 네미넴이었다.

시즈카를 제외한 모두가 고개를 박고 잠이 들었다.

시즈카가 잠시 화장실을 간 틈에 스넵이 잠이 든 사람들을 둘러본 후 말했다.

"이제 케이의 밴드 멤버들이 완성된 것 같지?"

네미넴이 핸드폰으로 게임을 하다가 고개를 끄덕였다.

"응, 드러머까지 왔으면 완성이지 뭐."

자신의 옆에서 고개를 박고 자던 건이 뭐라고 중얼거리는 것을 들은 스넵이 귀를 가까이 대며 물었다.

"뭐? 얘 뭐라는 거야?"

네미넴 역시 관심이 가는지 고개를 내밀어 건에게 귀를 내밀자, 잠꼬대를 하는 건의 목소리가 들렸다.

"음냐……. 이제 키스카만 오면…… 돼…… 음냐."

인상을 쓴 스넵이 건을 째려보다가 어깨를 으쓱했다.

"아직 완성이 안 되었나 본데?"

♪♩♪

히말라야산맥.

산을 들쑤시는 사람들이 구시온의 흔적을 추적하는 것도 어느덧 일주일이 지났다. 몇 명의 사람이라면 쥐도 새도 모르게 해치웠겠지만 수천의 사람들이 수십 명씩 조를 이루어 찾아대는 통에 모습을 드러낼 수 없었던 구시온은 결국 히말라야 최정상까지 쫓겨왔다.

여러 나라의 국기가 꽂혀 있는 정상에서 이름 모를 국가의 국기에 기대어 서 있던 하얀 원숭이가 이를 갈았다.

"시바…… 이 자식이 갑자기 왜 이러는 거지?"

자신을 쫓는 사람들에게서 시바와 브라흐마, 비슈누의 향기를 느낀 구시온은 이 사태가 가마긴에 의한 것임을 눈치채지 못했다.

시야를 가리는 눈보라는 인간에게만 유효한 것이었다. 정확히 사람들이 올라오고 있는 방향을 보고 있던 구시온이 시바의 표식을 여기저기 새긴 사람들을 보며 중얼거렸다.

"저것들은 내가 악마라는 것을 정확히 알고 찾는 것이다. 천사인지 악마인지 분간할 수 없을 때가 아닌, 악마임을 정확히 알고 찾는 놈들에게 모습을 드러낼 수는 없어. 악마가 있다는 것은 천사도 존재한다는 것을 알리는 꼴이 될 테니 말이야. 천사 놈들 좋은 일 시킬 수는 없지."

문득 자신이 함정에 빠트린 건을 생각하던 구시온이 고개를 세차게 저었다.

"그 녀석은 가만두면 천사들 쪽에서 처리하겠지. 한계를 넘은 인간을 두고 볼 리 없으니까 말이야. 제길 일단 지옥으로 돌아간다."

이를 뿌득뿌득 갈던 구시온이 있던 자리에 보라색 연기가 피어오르며 그의 몸이 사라졌다. 이 사실을 알 리 없는 사람들이 계속 수색을 하였고, 결국 며칠 후 발견된 구시온의 동굴은 폭약의 힘으로 입구가 막히고 철저히 부서졌다.

하지만 구시온을 찾지 못한 힌두교인들과 티베트 라마들은 경계를 늦추지 않고 구시온의 동굴 입구에 경계를 세웠다.

구시온이 사라지고 난 후 히말라야의 시바를 찾아온 가마긴이 의자에 앉으며 말했다.

"이번 일은 고맙군."

시바가 차를 내주며 심각한 얼굴로 말했다.

"끝난 것이 아니다. 너도 알겠지?"

"음…… 알고 있지."

"아이의 음악이 완성되기 직전이더군."

"이미 완성되었다. 인간들의 기준으로 완성되지 않은 것일 뿐."

"그래, 그 음악으로 마음이 아픈 자들이 치유된다면 좋겠군."

시바를 뚫어지게 보던 가마긴이 선글라스를 벗었다.

"넌 아무렇지 않나? 너도 신이다, 아이는 인간의 경계를 넘었고."

시바가 잠시 가마긴과 눈을 맞추다 미소를 지었다.

"가마긴, 인간이 병들고, 혹은 죽는 것은 신의 뜻이다. 하지만 인간의 마음이 병드는 것은 신의 뜻이 아니야. 신이 인간에게 준 가장 큰 선물은 망각이다. 힘들고 충격적인 일을 겪은 인간이 망각으로 접어들면 그 일을 잊고 정상적인 생활과 생각이 가능하지."

가마긴이 고개를 끄덕이자 시바가 말을 이었다.

"하지만 인간이 망각이라는 신의 선물을 받지 못하게 끊임없이 기억하도록 하는 것은 악마의 간섭이다. 나쁜 일, 힘든 일, 충격적인 일들에 대해 계속 되뇌게 하면 인간의 연약한 정신력을 버티지 못하고 붕괴하지. 그것이 악마들이 노리는 일이란 말이지."

가마긴이 팔짱을 끼며 한숨을 쉬었다.

"잘 알고 있네. 그런 짓을 직접 한 적은 없지만 다른 악마들이 그러한 행사를 하는 것은 익히 알고 있네."

시바가 김이 나는 차를 한 모금 마신 후 말했다.

"천사들이 아이를 지키는 쪽에 선 이유도 그것이네. 나 역시 악마들의 행사가 축소되기를 바라지. 아이가 이번에 만들 음악은 그런 것이네. 나도 반대할 이유가 없지."

가마긴이 시바를 노려보며 물었다.

"만약 아이가 만든 음악이 다른 방향이었다면, 자네 역시 태도를 바꾸었을 것이라는 뜻인가?"

자신을 노려보는 가마긴을 가만히 보던 시바가 실소를 터뜨렸다.

"자네가 그리하게 됐겠는가? 자네는 목표가 명확하지. 비록 현재는 악마지만 천사가 되고 싶어 성력을 모으는 자네가 아이가 엇나가는 것을 그냥 뒀을 리 없지. 나는 그 아이를 잘 모르네, 그저 잠시 마주친 것뿐이지. 내가 믿는 것은 아이가 아니라 가마긴 바로 자네라네."

아무 말 없이 자신을 보고 있는 가마긴을 힐끔 본 시바가 동굴 밖으로 시선을 던지며 다시 차를 입으로 가져갔다.

"그러니 부탁하네. 내가 계속 자네를 믿을 수 있게 해주게."

아더가 미국에 온 지 이 주일이 지났다.

맨 먼저 아더의 녹음이 시작되었고, 밴드는 그동안 난 한번도 전체가 함께하는 연습을 하지 못했다.

건이 의도적으로 막았기에 서로 각자의 파트를 녹음하기만 했고, 그들은 아더의 드럼 외에 다른 악기가 합세한 음악을 들어보지 못했다. 케빈과 시즈카가 몇 번이나 음악을 들어보고 보완하고 싶다는 뜻을 보였지만, 아직 때가 아니라는 건의 말에 고개만 갸웃거리는 멤버들이었다.

사업을 챙기기 위해 아더가 가장 먼저 영국으로 돌아가고, 다음 음악이 완성되는 즉시 미국으로 올 것을 약속했다.

시즈카의 피아노가 아더의 드럼에 맞추어 연주되고, 케빈의 베이스 역시 녹음 되었다. 가장 마지막이 되어야 건의 기타가 녹음되었고, 가사는 없었지만 마침내 음악이 완성되었다.

뉴욕에 위치한 뉴욕 다운타운 종합병원.

큰 두통을 겪은 후 일정 기간에 한 번씩 뇌CT 촬영을 하라는 병준의 억지 섞인 지시에 찾아온 병원의 대기석에 앉은 건이 예약 시간을 기다리며 핸드폰에 담아 둔 물의 노래를 듣고 있었다.

'음…… Verse 2로 넘어가는 부분에서 기타 음 몇 개를 좀 더 추가해야겠구나.'

근래에 들어 머릿속이 온통 물의 노래로 가득 찬 건이 자신의 이름을 부르는 간호사의 말도 듣지 못하고 고개를 까딱이며 음악에 신경을 집중했다.

"케이? 케이 환자님 안 계신가요?"

다른 사람이라면 다음 환자로 넘어갔겠지만 유명인인 건을 모르는 간호사는 없었다.

음악을 듣고 있는 건을 본 간호사가 다가와 건의 어깨를 살짝 건드리자, 눈을 뜬 건이 웃으며 물었다.

"아, 제 차례인가요?"

"호호, 네. 음악을 하시는 분이라 그런지, 음악 들을 때는 정말 집중하시는군요."

"아…… 여러 번 부르셨나 보군요. 죄송합니다."

"아니에요, 영상의학과 선생님이 기다리고 계시니 촬영을 하시고, 촬영 후 30분가량 인화와 분석 시간이 필요하니 그 후에 다시 찾아주시면 돼요."

"네, 고맙습니다. 간호사님."

뇌CT 촬영은 약 20분가량 진행되었다. 촬영 중에도 끊임없이 고민하며 눈을 굴리던 건이 촬영이 끝난 후 병원 앞 벤치를 찾았다. 인화와 분석에 걸리는 시간 동안 바람을 쐬기 위함이었다.

오전 시간이라 환자들과 병원 직원들 외에는 보이지 않는 병원 앞 벤치에 앉은 건이 이곳저곳을 다쳐 절뚝거리거나 병들어 비틀거리는 사람들을 바라보고 있다가 자신을 가리는 그림자에 고개를 들었다.

백발에 깡마른 할머니가 건을 보며 눈물을 글썽거렸다.

"알렉스, 드디어 돌아왔구나."

다짜고짜 자신의 손을 덥석 잡으며 벤치 옆에 앉아 눈물을 흘리는 할머니 덕에 당황한 건이 우물쭈물했다.

"아니, 저…… 그게."

"얼마나 찾았는지 몰라, 알렉스. 도대체 어디에 있었던 거니? 아니야, 이렇게 돌아와 준 것만으로 엄마는 너무 고맙단다. 고맙다, 고마워."

눈물을 흘리며 말하는 할머니에게 나는 알렉스가 아니라고 말해야 했지만, 왠지 입이 떨어지지 않은 건이 가만히 그녀에게 손을 내주자, 황급히 다가온 간호사가 할머니를 말리며 말했다.

"바바라! 잠깐 자리 비운 사이에 사라져서 얼마나 놀랐는지 몰라요."

간호사의 손길을 뿌리친 바바라가 건에게 더욱 바싹 붙으며 말했다.

"우리 아들이 왔어요, 이제 나가게 해주세요. 아들이랑 살 거예요."

자꾸만 건의 등 뒤로 몸을 숨기려는 바바라 덕에 등을 떼고 공간을 내어줄 수 밖에 없었던 건이 간호사를 보자, 그를 알아본 간호사가 슬쩍 눈인사를 건넸다.

"팬이에요, 케이."

"아, 감사합니다. 그런데…… 할머니가 왜 이러시는 건가요?"

간호사가 바바라의 옆에 앉으며 그녀의 한 손을 매만져 주었다.

"알츠하이머예요, 무슨 병인지 아시나요?"

"치매라는 말인가요?"

"치매와 알츠하이머는 같은 뇌질환이지만 조금 달라요. 알츠하이머는 최근 기억부터 조금씩 사라져 결국 어릴 때의 기억만 남는 병이에요."

자신의 등에 볼을 대고 안겨 있는 바바라를 본 건이 안타까운 눈으로 말했다.

"치료 방법은 없나요?"

"휴, 아직은 발견된 치료 방법이 없어요. 그저 약물로 진행을 늦추는 것이 최선이죠."

"그렇군요……."

유독 할머니에게 약한 건이 뒤로 돌아 바바라의 얼굴을 보았다.

처음 보는 자신을 사랑이 듬뿍 담긴 엄마의 눈으로 바라보던 바바라가 건의 얼굴을 만지며 물었다.

"밥은 먹었니? 엄마가 우리 알렉스가 좋아하는 음식 해줄게. 집에 가자, 응?"

안타까운 눈으로 바바라를 보던 건이 그녀의 눈을 바라보았다. 멍하게 초점을 잃은 듯한 그녀의 눈에 어느 순간 생기가 돌았다.

눈에 힘이 돌아온 그녀가 자신에게 바싹 붙어 있는 건을 보고 놀라 말했다.

"어머, 누구세요?"

"예?"

"죄송합니다, 제가 또……."

갑자기 달라진 그녀의 태도에 놀란 건이 간호사를 보자, 그녀가 고개를 절레절레 흔들었다.

"정신이 돌아온 거예요, 하루에도 몇 번씩 이러세요."

바바라가 자리에서 일어나며 간호사에게 말했다.

"리사, 미안해요. 내가 또 정신을 잃었던 것인가요?"

리사라고 불린 간호사가 웃으며 그녀의 손을 잡고 다시 벤치에 앉게 했다.

"아니에요, 바바라. 이쪽 분이 마음에 드셨는지 잠시 이야기를 나눈 것뿐이에요."

바바라가 건을 돌아보며 한참 그의 얼굴을 본 후 미소를 지었다.

"참 잘생긴 청년이군요. 만나서 반가워요."

"아…… 예, 반갑습니다. 바바라."

"휴, 피곤하군요. 리사 우리 들어갈까요?"

자리에서 일어난 바바라가 몸을 가누기 힘든지 휘청거리자 건이 재빨리 일어나 그녀를 부축했다.

"제가 도와드릴게요. 병실로 가요."

"어머, 고마워요. 친절한 분이시네요."

"헤헤, 그런 이야기 많이 들어요, 가시죠. 리사? 병실이 어디예요?"

리사가 바바라의 나머지 한쪽 팔을 끼며 한쪽을 가리켰다.

"저쪽 정신병동이에요, 403호 병실이고요."

바바라를 부축해 정신병동에 들어선 건이 병원의 모습을 보고 아연실색했다. 나이가 지긋한 아주머니가 침대 위에 쪼그리고 앉아 낚시를 하는 듯한 행동을 보이고 있었다.

옆 침대에 누운 젊은 여자는 끊임없이 고개를 끄덕이며 뭔가 중얼거리고 있었고, 바바라의 침대 옆에 있는 여자는 손으로 얼굴을 가리고 울고 있었다.

바바라를 침대에 눕혀준 건이 병동의 모습을 둘러보며 안타까운 표정을 짓자 바바라의 이불을 끌어 올려준 리사가 말했다.

"아픈 분이 참 많죠?"

"그러네요…… 휴."

바바라의 침대 앞에 있는 간이침대에 앉으려던 건이 침대를 살짝 옮기다 옆 침대를 건드렸다.

"아, 죄송합니다."

울고 있던 여인이 고개를 들었다.

사과를 하려는 생각에 그녀를 본 건의 움직임이 멈췄다.

그녀는 잠시 건을 바라보다가 다시 손으로 얼굴을 가렸지만, 그녀를 보고 있던 건은 시선을 돌리지 못했다.

자기도 모르게 떨리는 자신의 손에 힘을 주어 주먹을 쥔 건이 울고 있는 여인에게 나직하게 말했다.

"여기 계셨군요…… 아주머니."

어느 여름날. 뉴욕 다운타운 종합병원의 정신병동, 그곳에서 건은 시카고에서 만났던 딸을 잃은 아주머니와 재회했다.

병실 밖으로 나온 간호사가 건의 물음에 차트를 확인하며 말했다.

"이름 김미진, 8년 전 미국 시민권 획득, 나이 36세. 7년 전 시카고의 마피아 총격전에서 딸을 잃은 충격으로 실어증과 극심한 우울증을 겪고 있는 환자네요."

그녀의 말을 들은 건이 안타까운 눈으로 닫힌 병실 문에 조그맣게 나 있는 창문으로 그녀를 보았다. 건의 눈빛을 본 간호사가 싱긋 웃으며 말했다.

"원래 환자 정보는 함부로 알려 드릴 수 없는 것 아시죠? 케이와 같은 한국인이고 왠지 도와주고 싶은 마음이신 것 같아 특별히 알려 드린 것이니 비밀로 해주셔야 해요. 아니면 저 해고당할지도 몰라요, 호호."

"아…… 고맙습니다, 리사. 그런데 김미진 씨의 가족들은 어디 있나요?"

"안 와요."

"예?"

"안 온다고요. 미국으로 가족이 이사를 온 것 같은데, 딸이 죽고 나서 이혼했다고 해요, 미국에 있는 가족이 없어서 입원 후 4개월간 단 한 명도 면회를 온 사람이 없어요."

"아…… 그래도 부모님이나 형제들이 있을 텐데……."

"자세한 사정은 저도 몰라요, 실어증은 말을 하지 않는 병이거든요. 뭘 물어봐도 답을 하지 않으니 환자에 대해 알 수 있는 것도 적은 상태죠, 호전의 기미가 없어서 주치의 선생님도 고민하고 계시는 환자예요."

"그렇군요…… 저기 리사, 혹시 환자 면회에 일정 자격이 필요한가요? 예를 들면 직계 가족만 가능하다던가."

"여기가 감옥인가요? 호호, 그런 것은 없어요."

"아…… 그럼 제가 자주 찾아와도 되는 건가요?"

"호호, 케이가 자주 와주면 너무 좋죠?"

"고맙습니다."

"그럼 저는 일을 해야 해서 먼저 갈게요, 영상의학과에 늦지 않게 가도록 하세요."

리사가 떠난 후 한참이나 병원 문밖에서 미진을 바라보던 건이 시간을 확인하고 영상의학과로 발걸음을 돌렸다.

별 이상은 발견되지 않았다는 틀에 박힌 소리를 듣기 위해 한 시간 이상을 허비한 건이 터덜터덜 정신병동으로 돌아왔을 때는 오후 5시가 지나 면회가 되지 않는 시간이었다.

할 수 없이 레드 케슬로 돌아온 건이 별채로 들어오자 언제나처럼 팬티만 입은 병준이 소파에 누워 있다가 벌떡 일어나며 말했다.

"야! 너 오늘 병원 다녀왔어?"

병원에서 받아온 CT가 든 봉투를 흔든 건이 말했다.

"다녀왔어요."

병원에 다녀왔다는 말을 들은 병준이 손을 내밀었다.

"어디 봐."

CT 촬영을 한 필름을 꺼내 보는 병준을 본 건이 웃으며 옆자리에 앉았다.

"보면 알아요?"

"그냥 이러고 있으면 멋져 보일 것 같아서."

"푸하하."

건이 웃음을 짓자 필름을 내려놓은 병준이 물었다.

"병원에서 뭐래?"

"별 이상 없대요, 아 내일부터 한동안 매일 병원에 갈 거예요."

"헉! 뭐라고? 별 이상 없다며! 솔직히 말해 이 자식아, 어디가 아프대?"

건의 멱살을 쥐고 흔드는 병준 덕에 머리가 흔들린 건이 한 손으로 머리를 만지며 말했다.

"어지러워요, 놓고 말해요."

건의 머리에 문제가 있다고 생각한 병준이 황급히 멱살을 놓으며 건의 양 볼을 잡았다.

"미, 미안! 빨리 말해봐, 어디가 아프길래 매일 병원에 가? 입원하는 게 낫지 않아?"

"하하, 어디 아파서 가는 게 아니라 누굴 좀 보러 가는 거예요."

"엉? 누굴?"

조금 안심한 표정의 병준에게 롤라팔루자 페스티발 때 만났던 미진의 이야기를 들려주는 건이었다.

"……이렇게 된 거예요. 제가 지금 물의 노래를 만들고 있는 이유이기도 하고요."

팔짱을 끼고 심각한 표정으로 이야기를 듣고 있던 병준이 고개를 끄덕였다.

"묘한 인연이네. 아무튼 네가 아픈 게 아니라니 다행이다. 아…… 이건 좀 실례되는 말일지도 모르겠군."

"둘밖에 없는데요, 뭐. 하하. 걱정해 줘서 고마워요."

"그래, 저녁은?"

"대충 먹었어요."

"그래, 쉬어라."

방으로 들어온 건이 침대에 몸을 눕히자마자 구형 핸드폰이 진동을 알렸다. 오늘 병원에 가는 것을 알고 있는 키스카가 기다리다 지쳐 전화를 건 것임을 눈치챈 건이 피식 웃으며 전화를 받았다.

"여보세요?"

-오빠, 괜찮아?

"응, 지금 집에 왔어."

-전화 좀 해주지 그랬어, 종일 기다렸는데.

"미안해, 일이 좀 있었어."

-무슨 일?

"음……."

-나한테 말 못 할 일이야? 그럼 서운한데…….

"하하, 너한테 말 못 할 일이 뭐 있어. 사실은……."

건에게서 미진의 일을 들은 키스카가 안타까운 목소리로 말했다.

-그런 일이 있었구나, 나랑 반대네?

"응? 뭐가?"

-난 엄마를 잃고 혼자 살아남았잖아. 그 아줌마는 딸을 잃고 자기가 살았고.

아무렇지도 않게 옛일을 말하는 키스카 덕에 할 말을 잃은 건이 우물쭈물거리자 키스카가 말을 이었다.

-나 이제 괜찮아. 그러니까 눈치 보지 마.

"아⋯⋯ 응."

-그래서 매일 그 아줌마 보러 가려고?

"응, 학교에 매일 얼굴도장 찍어야 하니까 오전에 들러서 얼굴 보고 오후에는 학교에 가려고."

-응 그럼 가급적 오전에는 전화 안 할게.

"하하, 고마워. 아 참 할머니는 좀 어떠셔?"

-안 좋으셔. 이제 침대에서 일어나지도 못하시거든.

"응⋯⋯ 그렇구나. 의사는 다녀갔고?"

-응, 매일 밤에 와서 상태 체크 하고 가는데 비관적이래.

"그렇구나⋯⋯ 휴 아프신 분이 너무 많네."

키스카와 일상적인 통화를 마친 건이 자리에 누웠다가 머리가 복잡해 다시 거실로 나오자 핸드폰으로 게임을 하고 있던 병준이 물었다.

"키스카랑 통화는 잘 했냐?"

"네, 형."

병준이 게임을 끄고 발을 까딱이며 물었다.

"너 너희 가족들한테 키스카 이야기했어?"

냉장고를 열어 우유를 꺼낸 건이 고개를 저었다.

"아니요, 왜요?"

병준이 소파 위로 고개를 들며 말했다.

"넌 키스카 가족들 다 알잖아, 키스카도 네 가족을 알고 싶어 하지 않을까 해서."

그 부분은 생각해 보지 않은 건이 입술을 내밀었다.

"나중에 시간 되면 소개해 주려고요."

"키스카는 어려도 여자다, 섬세하니까 잘 좀 챙겨. 넌 그런 부분이 너무 약하다고."

"푸훗, 아직 어린애한테 무슨 말이에요 그게."

건을 통해 조지아에서 있었던 일을 들은 후라 병준은 키스카에게 좀 더 신경을 쓰는 듯했다.

"그레고리가 약혼하라고 했다면서."

"에이, 아직 키스카는 어리잖아요, 나중 일이에요 그건."

"어차피 할 거긴 하잖아."

우유를 마신 건이 냉장고에 우유를 넣은 후 소파로 다가와 앉았다.

"키스카가 성인이 되었을 때도 지금 마음 그대로라면요."

병준이 이를 드러내고 웃었다.

"이 녀석 봐라? 그럼 넌 마음이 있다는 거네, 이 도둑놈에 자식."

"하하, 키스카 예쁘잖아요."

"이놈의 자식이, 꼬맹이한테 무슨 소리야?"

"꼬맹이라뇨, 형 키 몇인데요?"

병준이 발로 건을 밀어대며 말했다.

"키는 왜, 키 크다고 자랑하냐? 그래도 나 172는 되거든?"

건이 병준의 발을 치우며 웃었다.

"어제 물어보니 키스카는 168이래요. 형이랑 4㎝밖에 차이 안 나거든요?"

장난을 치던 병준이 몸을 굳혔다. 경악한 표정으로 건을 보던 병준이 벌떡 상체를 세우며 외쳤다.

"뭐라고! 그 꼬맹이가 168이라고?"

"네, 요새 폭풍 성장 중이라니까요."

"무슨 일 년도 안 된 사이에 키가 그렇게 커? 말이 되냐 이게?"

"러시아 애들은 원래 크잖아요, 키스카는 이상하게 나이에 비해 너무 작았었고요. 성장판이 늦게 열리는 아이들도 있으니 키스카도 그런 케이스인가 봐요."

아무렇지도 않게 수긍해 버리는 건을 본 병준이 아연실색하며 말했다.

"그래도…… 이게 말이 돼?"

"후후! 사실인데요, 뭐."

"젠장 168이라니, 168이라니!! 이러다가 그 꼬맹이가 날 내려다보는 건 아니겠지?"

"하하, 그럴지도?"

"크아아아아!!! 제기랄, 나도 러시안으로 태어났으면 지금보다 훨씬 컸을 텐데!!"

머리를 쥐어뜯으며 고래고래 소리를 지르는 병준에게 다가온 루시가 위로하듯 병준의 머리를 앞발로 툭툭 치자 더 열이 받은 병준이 루시의 찹쌀떡 같은 볼을 잡고 양쪽으로 늘리며 외쳤다.

"뭐냐, 너보다는 내가 더 크거든!!"

고양이와 키 싸움을 하는 병준을 어이없는 표정으로 보던 건이 웃음을 지었다.

◈ 4장 ◈

음악, 그 힘을 드러내다(1)

　다음 날.

　오전 일찍부터 학교 갈 채비를 하고 병원에 들른 건이 회진을 마치고 돌아가는 의사들에게 눈인사를 한 후 403호 병실 문을 열었다.

　바바라 할머니의 정신이 온전한 시간인지 건을 본 그녀가 반갑게 손을 흔들었다.

　"오늘도 왔네요?"

　"하하, 바바라 안녕하세요."

　우울한 표정으로 고개를 떨구고 있는 미진을 힐끔 본 건이 바바라에게 다가가자, 그녀가 물었다.

　"케이라고 했지요? 당신도 어디가 아픈 거예요? 나이도 젊어 보이는데 매일 병원에 오고 그래요, 건강해야지. 쯧쯧."

"하하, 아프다기보다는 예전에 아픈 적이 있어서 검사받으러 오는 거예요."

"에그, 어디가 아프길래 검사를 이리 자주 받아요? 거기 앉아요."

바바라가 내어준 간이 침상에 앉은 건이 그녀의 쪼글쪼글한 손을 잡아주며 말했다.

"아침 식사는 잘하셨어요?"

"호호, 걱정해 준 덕분에 잘했어요. 그런데 케이는 뭐 하는 사람이길래 이 시간에 병원에 와요? 직장인이 아닌가?"

"네, 아직 학생이에요, 줄리어드에 다니고요."

"줄리어드? 그 음악 천재들이 다닌다는 학교 말이에요? 이런, 천재를 못 알아봤군요."

"하하, 그런 것 아니에요."

"어떤 음악을 하는 사람인가요? 연주? 아니면 작곡?"

"둘 다 해요."

"호호, 그럼 음악 한번 들어볼 수 있나요?"

건이 얼마나 유명한 뮤지션인지 모르는 바바라가 아무 생각 없이 건의 음악을 청하자, 병실 문 앞에 모여 건을 훔쳐보고 있던 간호사 세 명이 속삭였다.

"어머, 바바라는 케이도 모르는 거였어?"

"쉿! 괜히 들키면 구경도 못 하니까 조용히 하고 있어."

"설마 병실에서 Fury를 틀진 않겠지?"

"야, 케이가 그렇게 생각 없어 보이니?"

자신을 지켜보고 있는 눈이 많다는 것을 모르는 건이 옆 침상에 앉아 고개를 숙이고 있는 미진을 힐끔 본 후 바바라에게 웃음을 지으며 핸드폰을 꺼냈다.

"아직 미완성인 곡인데 바바라에게 처음 들려 드릴게요."

"어머나, 영광이에요. 호호."

문 앞에 있던 간호사들이 눈을 크게 뜨며 속삭였다.

"미완성인 곡? 설마 신곡을 말하는 거야?"

"그렇겠지! 미완성이라면 그것밖에 더 있어? 꺄악, 케이의 신곡이라니!"

"바바라에게 제일 먼저 들려주는 것이라는 거니까 우리도 맨 처음 들은 사람 중 하나가 되는 거겠지? 꺄악, 신난다!"

가방에서 작은 블루투스 스피커를 꺼낸 건이 물의 노래 음악 파일을 재생했다. 다른 환자들에게 방해가 되지 않게 볼륨을 줄인 스피커가 작은 소리를 내기 시작했다.

아름다운 피아노 전주가 울리고, 드럼 없이 연주되는 베이스 기타가 피아노의 중심을 잡아주는 전주가 재생되자 바바라가 침대에 누워 눈을 감고 미소를 지었다.

"참 아름다운 곡이네요. 연주곡인가요?"

건이 미소를 지으며 고개를 끄덕였다.

"네, 바바라."

푸근한 미소를 지은 바바라가 귀에 신경을 집중하는 것을 본 건이 힐끔 미진을 보았다. 고개를 숙이고 있던 그녀의 흐린 눈에 생기가 도는 것을 본 건이 그녀의 표정 변화에 신경을 집중했다.

4인용 병실에 물의 노래가 퍼져 나갔다.

눈을 감고 기분 좋은 표정을 짓는 바바라와 옆 침상의 미진이 마치 음악을 좀 더 듣겠다는 듯 머리를 귀 뒤로 넘겼다. 맞은편 침상에서 오늘도 낚시하는 아주머니와 고개를 까딱이는 아주머니 둘 다 산만한 움직임을 잠시 멈추고 음악이 흘러나오는 스피커를 보았다.

피아노의 전주와 베이스 기타의 묵직한 음을 들은 바바라가 눈을 감고 미소를 지었다.

"음…… 왜일까요? 아주 어린 시절이 생각나요, 아무 걱정 없이 산에서, 들에서 뛰어놀던 내 어린 시절이 떠오르네요."

건이 미소를 지으며 바바라의 이마를 만져주었다.

"마음을 편안히 가지고 쉬세요, 바바라."

바바라가 눈을 가늘게 뜨고 건을 올려 보았다.

"고맙습니다."

단지 '고맙습니다'라는 단 한마디에 수만 가지 감정이 녹아 있었다. 긴 시간 세상을 살아온 바바라의 감사 인사는 다른 사람들이 건에게 보낸 감사와는 다른 느낌으로 다가왔다.

포근한 미소로 바바라를 내려다보던 건이 미진을 훔쳐보았다. 아직 우울한 표정에서 벗어나지 못했지만 우는 것을 멈추고 음악에 귀를 기울이는 미진을 본 건이 음악을 반복 재생으로 바꾸어두고 자리에서 일어났다.

'방해가 되지 않게 잠시 나가 있어야겠다.'

자리에서 일어난 건이 맞은편 침상을 보자, 침대에 쪼그리고 앉아 낚시를 하던 아주머니가 어느새 이불 안에 들어가 편히 누워 눈을 감고 있는 것이 보였다.

고개를 까딱이던 아주머니는 멍하게 창밖을 보고 있었다. 건이 발소리를 죽이며 문 쪽으로 다가가자 문을 살짝 열고 문 사이로 눈을 들이밀고 있던 세 명의 간호사가 후다닥 멀어졌다.

문을 열고 나온 건이 문 바로 옆에 있는 대기석에 앉는 것을 본 간호사들이 멀찍이 떨어져 소곤거렸다.

"저게 케이의 신곡이라고? 지금까지 음악이랑 너무 다른 것 아니야?"

"웅, 뉴에이지 음악 같은 느낌이 들어, 뭔가 신비롭고 고요한 것이 Fury와 너무 다르다."

"난 이게 더 좋은 것 같아. 문 사이로 흘러나오는 음악을 조금 들었을 뿐인데 무지 행복해졌었어."

그녀들의 눈에 비친 건은 한 시간가량 아무것도 하지 않고 그저 팔짱을 끼고 바닥을 보고 있었다.

문득 손목시계를 본 건이 다시 일어나 병실로 들어가서는 핸드폰과 스피커를 챙겨 밖으로 나왔다.

문을 닫고 병실 창문을 통해 안을 들여다본 건이 미소를 지으며 병원 밖으로 나가자 아직도 그를 지켜보고 있던 간호사들이 우르르 달려가 병실 안을 들여다보았다.

너무 조용한 병실 분위기에 이상함을 느낀 간호사 한 명이 조심스럽게 문을 열고 안을 들여다보았다.

"세상에……."

403호 병실은 우울증과 실어증, 불면증과 정신분열증 여 환자들이 있는 병실이었다. 모두가 잠이 드는 시간이 달랐기에 한밤중에도 누구 하나는 깨어 있는 것이 보통인 병실의 환자 네 명이 모두 잠에 빠져들어 있는 것을 본 간호사가 입을 떡 벌렸다.

"403호 담당 간호사님이 리사였나요?"

"응, 저기 오시네."

회진을 돕고 왔는지 카르테를 잔뜩 들고 오던 리사가 403호 앞에 모여 있는 간호사들을 보며 의아한 표정을 지었다.

"무슨 일 있어요?"

연신 병실 안을 들여다보던 간호사들이 조용히 병실 문을 닫았다. 겨우 잠든 환자들을 깨우고 싶지 않았기 때문이다. 가장 나중에 병실에서 나온 간호사가 문고리를 잡은 채 물었다.

"리사, 403호 병실에 입원 중인 분들이 모두 동시에 잠이 든 적이 있었나요?"

리사가 들고 있던 카르테가 무거웠는지 건이 앉았던 자리 위에 놓아둔 후 허리를 폈다.

"읏차, 휴. 403호요? 음…… 없는 것으로 기억해요, 네 분 중 바바라 외에는 불면증도 함께 치료 중이거든요."

"그렇죠? 나이트 때 나도 여러 번 봤는데 새벽에도 한 분 이상은 꼭 깨어 계셨었거든요."

리사가 고개를 갸웃하며 물었다.

"그런데 그건 왜 물어요?"

간호사들이 비켜서며 병실을 가리키자 그녀들을 의아한 눈으로 보던 리사가 병실 창문으로 안을 들여다보았다. 살짝 놀란 표정을 지은 리사가 조심스럽게 문을 열고 안으로 들어갔다.

방 안에서 가장 먼저 보이는 얼굴은 바바라였다. 알츠하이머는 불면증과는 관계가 없기에 평소에도 잠은 잘 자는 바바라였지만, 밤에 잘 자기에 오전 시간에 낮잠을 자는 일은 거의 없었다. 포근한 미소를 지으며 잠을 자고 있는 바바라의 표정을 살핀 리사가 미진을 보았다.

네 환자 중 가장 불면증이 심한 미진이 낮게 코까지 골며 잠을 자고 있는 것을 본 리사가 놀라 자신의 입을 막았다.

눈을 크게 뜨고 뒤를 돌아보자 나머지 두 아주머니도 새우잠을 자듯 몸을 웅크리고 잠이 든 것이 보였다. 미진은 그저 무표정하게 자고 있지만, 바바라를 비롯한 세 환자는 미소까지 지으며 마치 행복한 꿈을 꾸고 있는 듯했다.

한참 동안 환자들을 바라보던 리사가 밖으로 나와 문을 꼭 닫은 후 심각한 얼굴로 물었다.

"무슨 일이 있었는지 말해주세요."

간호사들에게서 건이 다녀갔고, 그가 신곡이라며 재생했던 음악을 한 시간가량 듣고 난 후 이런 광경이 연출되었다는 것을 들은 리사가 다시 한번 병실 창문으로 안을 들여다보았다.

"선생님께 보고해야겠습니다."

"주치의 선생님이요? 미쳤다고 하실지도 모르는데……."

"그래도, 환자들에게 생긴 변화는 모두 보고하게 되어 있으니까요."

"저기…… 우리 이야기는 하지 말아주세요. 괜히 미친 사람 취급받을 게 뻔해서요……."

"호호, 알았으니 가서 일 보세요."

황급히 자신의 자리로 떠나는 간호사들을 보는 리사의 눈빛이 진중해졌다.

"음악…… 음악으로 치료하는 방법은 원래부터 존재했어. 일단 보고부터 하자."

♪♪♪

다음 날 오전.

오늘도 병원을 방문한 건이 정신 병동 쪽으로 걸어갔다. 언제나 소란스러운 병동들을 지나 4층으로 향한 건이 병실로 향하다 발걸음을 멈췄다.

건의 눈에 열 명이 넘는 의사들과 스무 명이 넘는 간호사들이 403호 앞에 서 있는 것이 보이자, 무슨 일이 있나 싶었던 건이 발걸음을 빨리했다. 다가오는 건을 본 리사가 옆에 선 중년의 의사에게 속삭였다.

"저기 오고 있습니다."

중년의 의사는 카르테를 보고 있다가 고개를 들고 웃으며 말했다.

"케이? 만나서 반갑습니다. 정신과 과장 래리 월킨스입니다."

건이 병실 창문을 들여다보며 물었다.

"무슨 일이 있는 건가요?"

"하하, 무슨 일이 있긴 있지요. 여쭤볼 것이 있어서 기다렸습니다."

"네, 말씀하세요."

"잠시 앉으시지요."

어제 앉았던 자리를 권한 래리가 건과 함께 의자에 앉자 의사들과 간호사들이 둘을 둘러쌌다. 의사와 간호사들에게 둘러싸인 건이 어색한 표정을 짓자 래리가 웃으며 말했다.

"사고가 있었던 것은 아니니 안심하세요. 몇 가지 질문을 좀 드리려고 합니다."

"네…… 하세요."

래리가 카르테 네 개를 들고 넘겨 보며 말했다.

"어제 이곳에서 신곡이라는 음악을 재생하셨다고 들었습니다, 맞습니까?"

당황한 표정을 지은 건이 기어들어 가는 목소리로 말했다.

"아…… 그것 때문이었군요. 죄송합니다, 허락도 받지 않고 마음대로 행동해서요."

"음, 치료를 목적으로 하신 행동이었나요?"

"제가 의사도 아닌데 치료를 목적으로 할 리는 없죠, 단지 바바라가 음악을 마음에 들어하셔서 조금 오랫동안 들려 드렸어요. 다른 환자들도 바바라에게 음악을 들려줄 때 함께 들은 것이고요."

"음, 그렇군요. 그렇다면 면회자가 환자에게 음악을 들려준 것뿐이니 문제가 될 것은 없습니다."

"네…… 그런데 왜……."

래리가 여전히 카르테를 보며 심각한 표정을 지었다.

"음악 치료의 연구는 현재도 활발히 진행되고 있습니다만, 모든 환자에게 같은 음악을 들려주는 것이 아닌, 환자의 상태에 따라 다른 음악을 들려주고, 그 주기도 다르게 하는 것이 현재까지 연구된 치료의 정설입니다. 그런데 어제 있었던 일은 저희로서는 도저히 이해할 수 없는 일이라 질문을 드린 것이에요."

래리가 카르테 하나를 넘기며 말했다.

"이름, 바바라 듀마스. 나이 79세. 알츠하이머를 앓고 있는 이 환자의 경우 불면증이 없었기에 음악을 듣고 편히 잠들 수 있습니다. 이것은 이해가 될 만한 일이죠."

래리가 다음 카르테를 들고 넘기며 말했다.

"이름, 얼리샤 글래스. 나이 44세. 심각한 수준의 정신분열증과 우울증, 불면증을 앓고 있는 환자입니다. 바다에서 일가족이 낚시하던 도중 상어의 습격을 받고 혼자 살아남은 후 정신과에 입원한 지 3년이 넘은 환자이지요."

다음 카르테를 본 래리가 다시 입을 열었다.

"이름, 코트니 톰프슨. 나이 39세. 우울증과 불면증 증상이 호전되지 않고 가끔 공격적 성향을 보이기에 독방으로 이동 조치를 고려 중인 환자였습니다."

마지막 하나 남은 카르테를 집어 든 래리가 설명했다.

"이름, 김미진, 나이 36세. 마피아의 총격전에서 딸을 잃은 후 심각한 우울증과 실어증, 불면증을 앓고 있는 환자입니다."

설명을 마친 래리가 건에게로 고개를 들었다.

"아시겠습니까? 네 환자 모두 다른 케이스, 다른 이유, 다른 증세입니다. 그런데 당신의 음악을 듣고 네 환자 모두가 호전 증세를 보이고 있어요. 물론 단 하루였고 일시적일지도 모릅니다. 병실 안을 한번 보시겠어요?"

잠시 래리와 눈을 맞추던 건이 자리에서 일어나 병실 창문을 보았다. 창가에 서서 창문을 열고 밖을 보고 있는 바바라의 뒷모습이 가장 먼저 보였고, 냉장고에서 꺼낸 오렌지 껍질을 까고 있는 얼리샤가 보였다.

얼리샤는 손으로 깐 오렌지를 옆 침상의 코트니의 입에 넣어주고 있었다. 무표정했지만 오렌지를 입에 넣은 코트니가 연신 흘러내리는 과즙을 닦으며 열심히 씹고 있었다.

미진의 자리는 밖에서 보이지 않아 알 수 없었지만 정신 병동이 아닌 일반 병동 같은 모습에 놀란 건이 잠시 입을 다물지 못하고 그대로 서 있었다.

가만히 병실을 바라보는 건에게 다가온 래리가 말했다.

"어떤가요? 의학을 알지 못하는 일반인의 눈으로 봐도 호전된 것이 보이죠?"

병실에서 눈을 떼지 못한 건이 나직하게 말했다.

"네, 제 눈에도 그렇게 보이네요."

잠시 침묵하며 건을 보던 래리가 말했다.

"그 음악 말입니다. 듣기로는 아직 미발표곡이라고 하던데, 언제 발표하실 생각입니까?"

건이 잠시 고민한 후 말했다.

"정규 앨범에 넣을 곡인데 이번 곡이 첫 작업한 곡이에요. 앞으로 다른 곡도 작업하려면 시간이 좀 필요할 것 같고요, 아마 올해 겨울쯤 되지 않을까 생각하고 있어요."

래리가 입술을 깨물며 달력을 보았다. 이제 5월 말, 겨울이 되려면 6개월 이상의 시간이 필요한 것을 확인한 래리가 잠시 고민하다가 결연한 표정을 지으며 말했다.

"케이, 세상에는 마음이 아픈 사람들이 참 많습니다. 그들은 세상에 도움을 요청하고 있지만, 세상은 아직 정신적인 병에 대해 아는 것이 별로 없지요. 그래서 의학 종사자들은 매일같이 괴로움에 신음하는 그들에게 어떻게든 도움을 주고자 노력하고 있습니다."

건이 깊게 고개를 끄덕였다.

"잘 알고 있어요. 의사 선생님들이나 간호사님들 모두 그러한 마음으로 환자들을 대하고 계신다고 믿고 있습니다."

래리가 신중한 얼굴로 머뭇거리며 말했다.

"아직 발표하지 않은 음악이라 어렵겠지만, 혹시 도움을 주실 수는 없겠습니까?"

래리가 조심스럽게 말을 하고 건의 답을 기다렸다. 아직 발표도 되지 않는 곡을 병원에서 치료 목적으로 사용하게 된다면 음반 발표 전에 음악이 유출될 수도 있기에, 뮤지션의 입장에서나, 소속 회사에서 허락해 주지 않을 가능성이 컸다.

하지만 아픈 사람을 치료하기 위해 무엇이라도 시도해 보고 싶은 의사의 마음은 결국 무리한 부탁을 하게 만들었다.

래리의 조심스러움이 어떤 의미인지 알고 있던 건이 고민하는 표정을 짓다가 말했다.

"이건 제 선에서 결정할 수 있는 문제는 아닌 것 같아요. 회사와 이야기를 해보겠습니다."

완전한 거절은 아니었기에 래리가 미소를 지었다.

"당연히 그렇게 하셔야죠, 답을 기다리겠습니다. 바바라를 보러 오셨지요? 그만 들어가 보세요. 시간 내주셔서 감사합니다, 바쁘신 분인데."

자리에서 일어난 래리가 악수를 청하자 함께 일어나 손을 맞잡은 건이 미안한 표정으로 말했다.

"치료 목적의 부탁이신데 바로 허락하지 못해 죄송해요."

"하하, 아닙니다. 회사와 상의를 해주신다는 것만으로 충분합니다."

래리가 몸을 돌리자 열 명의 의사들과 스무 명의 간호사들이 일제히 건에게 간절한 눈빛을 보냈다.

치료자의 눈빛을 본 건이 작게 고개를 끄덕이자, 각자 묵례를 하며 앞서 자리를 뜬 래리의 뒤를 쫓는 사람들이었다.

묵묵히 그들의 뒷모습에 시선을 던지던 건이 병준에게 전화를 걸었다.

"형, 저예요. 드릴 말씀이 있는데 잠시 병원으로 와주실래요?"

-뭐? 너 진짜 어디 안 좋은 거야?

"아니에요, 음악 때문에 말씀드릴 것이 있어서요."

-진짜 아픈 거 아니지? 알았다, 시즈카 스케줄 때문에 나와 있는데 한 시간 안에 갈게.

"네, 부탁해요."

병준과 통화를 마친 건이 병실 문 앞에 서서 숨을 고른 후 문을 열며 활짝 웃었다.

"바바라, 저 왔어요!"

병실에 있던 환자들이 일제히 건을 보았다. 모두 산만하게 자신의 세계에 빠져 있던 어제와 다르게 병실로 들어서는 건에게 반응을 보이는 환자들을 본 건이 밝게 웃자, 바바라가 반가워하며 말했다.

"어머나, 오늘도 왔군요!"

"하하, 제가 너무 자주 와서 귀찮으신 건 아니죠?"

"호호, 매일 병실에서 무료하기만 한데 손님이 와 주면 너무 기쁘죠. 앉으세요."

건이 자리에 앉으며 환자들에게 인사를 건넸다.

"안녕하세요, 얼리샤?"

매일 낚시하는 듯한 행동을 취하던 얼리샤가 오렌지의 껍질을 까던 손을 멈추고 건을 보았다.

자신의 이름을 말하는 건이 누구인지 몰라 갸웃거리던 얼리샤에게 환한 표정의 건이 말을 걸었다.

"그 오렌지 맛있어요?"

얼리샤가 가만히 손에 쥐고 있던 오렌지를 내려다보더니 한 조각을 떼어 건에게 내밀었다.

아름다운 미소를 지은 건이 달려가 입으로 오렌지를 받아먹자 얼리샤가 멍하니 건의 얼굴을 보았다.

자신의 눈앞에 있는 아름다운 청년이 누구인지는 몰랐지만, 왜인지 그가 낯설게 느껴지지 않았던 얼리샤가 다시 오렌지 한 조각을 떼어 내밀었다.

연신 엄지를 치켜세우던 건이 다시 입으로 오렌지를 받아먹었다.

"우와, 엄청 맛있네요!"

웃지는 않았지만, 건의 얼굴을 보며 자꾸 오렌지를 주는 얼리샤를 본 바바라가 입을 가리고 웃었다.

"호호, 얼리샤가 당신이 마음에 드나 보네요. 저런 행동을 하는 건 처음 봐요."

계속해서 입에 오렌지를 넣어주는 얼리샤 덕에 입이 터질 듯 부푼 건이 기분 좋은 표정으로 입을 오물거렸다.

마침내 손에 들고 있던 오렌지를 건의 입에 다 넣어준 얼리샤가 멍한 표정으로 오렌지 껍질을 구겨 쥐는 것을 본 건이 옆으로 고개를 돌렸다.

"코트니, 잘 잤어요?"

침대에 앉아 상체를 벽에 기대고 있던 코트니가 아까부터 건을 뚫어지게 보고 있었다.

공격적 성향을 가졌다는 말을 미리 들었기에 가까이 가지는 않고 얼리샤의 침상에 앉아 있던 건이 말을 걸어오자 자리를 고쳐 앉은 그녀가 건의 얼굴을 찬찬히 뜯어보았다.

비록 답을 하지는 않았지만, 자신에게 관심 어린 눈길을 보내주는 것만으로 만족한 건이 바바라의 옆에 앉아 있는 미진을 보며 물었다.

"김미진 씨도 잘 잤어요?"

건이 들어올 때 잠시 그를 보았지만, 곧 고개를 숙인 미진은 건의 말에도 고개를 들지 않았다.

잠시 안타까운 눈으로 그녀를 보던 건이 이번에는 한국어로 물었다.

"김미진 아주머니. 아직 많이 힘든가요?"

갑자기 들려온 모국어에 화들짝 놀란 미진이 고개를 들어 건을 보았다. 눈을 동그랗게 뜬 것을 보니 어지간히 놀란 기색이었다.

그녀의 반응에 웃음을 지은 건이 물었다.

"저도 한국 사람이에요. 김 건이라고 하고요."

아무 말 없이 놀란 표정으로 건을 보던 미진이 그에게서 눈을 떼지 못하자, 건이 일어나며 바바라의 침상 옆에 핸드폰과 스피커를 놓았다.

"오늘도 우리 함께 음악을 들어볼까요?"

바바라가 반색하며 침대에 앉았다.

"호호, 좋아요. 기왕이면 어제 들었던 그 음악이면 좋겠네요. 아, 그 음악 이름이 뭐예요?"

"물의 노래예요, 바바라."

"물의 노래…… 호호 참 어울리는 이름이네요. 물처럼 편안한 음악이었어요."

"하하, 감사해요."

건이 핸드폰과 스피커를 연결하다가 문득 고개를 들고 다른 환자들을 보았다. 오렌지 껍질을 손에 쥐고 멍하게 있던 얼리샤도, 건을 뚫어지게 보던 코트니도 모두 침상에 누워 이불을 덮고 있었다.

마치 빨리 음악을 들으며 잠을 자고 싶다는 듯한 두 사람을 본 건이 밝게 웃었다.

미진은 여전히 건에게서 시선을 떼지 않고 있었기에 그녀를 보고 싱긋 웃어준 건이 음악을 재생했다.

미진을 제외한 모두가 눈을 감고 음악에 정신을 맡기는 것을 본 건이 가만히 자신을 바라보고 있는 미진과 눈을 맞추었다. 두 사람 간에 별다른 대화는 없었지만, 음악이 두 번 연속 재생되는 내내 건을 바라보고 있던 미진은 어느 순간 졸리는지 눈을 비볐다.

결국 앉은 자세가 허물어지며 베개에 얼굴을 묻은 그녀가 잠에 빠져드는 것을 본 건이 조용히 일어나 밖으로 나오자 마침 도착한 병준이 복도를 걸어오는 것이 보였다.

"형 오셨어요?"

얼굴에 의심과 당황스러움을 동시에 담은 병준이 병동을 훑어보며 다가와 물었다.

"여기 정신 병동 아니냐? 왜 여기 있어, 너?"

의심스러운 눈초리로 자신을 보는 병준에게 래리와의 대화를 들려주자 심각한 표정을 한 병준이 가만히 건의 말을 들은 후 말했다.

"음…… 그런 일이 있었구나."

"네, 형 가능할까요?"

건의 간절한 표정을 읽은 병준이 생각에 잠겼다.

그답지 않게 장시간 고민한 병준이 자리에서 일어났다.

"기다려, 이사님과 통화 좀 해보고 올게."

병준이 전화기를 들고 멀리 떨어지자 혼자 대기석에 앉아 기다리던 건이 초조한 눈으로 일하는 간호사들을 보았다.

멀리서 건을 훔쳐보고 있던 간호사들이 헛기침을 하며 각자 일을 하는 것을 보고 있던 건에게 금방 통화를 마친 병준이 다가오며 말했다.

"의사 선생님 좀 보러 가자."

엉거주춤하게 일어난 건이 갑자기 의사를 찾는 병준에게 물었다.

"예? 왜요?"

병준이 전화기를 흔들며 웃음을 지었다.

"린 이사님이 그냥 네 맘대로 하래. 그리고 어차피 막아봐야 고집 피울 게 뻔한데 뭐 하러 막냐? 그래도 회사 차원에서 약속받아야 할 것들이 있으니 의사 선생님 뵙고 이야기 좀 하자고."

병준의 말에 환한 표정을 지은 건이 그와 함께 래리의 진료실로 찾아갔다.

건이 매니저와 함께 찾아왔다는 말을 듣고 한달음에 뛰어나온 래리가 병준의 말에 주먹을 불끈 쥐고 기뻐했다. 병준은 래리와 비밀유지 협약을 체결했고, 래리는 약물치료로 호전이 되지 않는 환자들에게 실험적 치료를 하고 그를 바탕으로 논문을 쓰기로 했다.

일단 약 한 달의 시간 동안 403호 환자들에 한해 부작용이 없는지 실험을 하기로 한 래리에게 음악 파일을 넘겨준 건이 환하게 웃으며 그와 악수를 청하자, 래리가 한 손으로 건의 손을 잡고, 다른 한 손으로는 건의 어깨를 잡으며 말했다.

"정말 고맙습니다. 어려운 결정이셨을 텐데, 회사 측에도 감사의 인사를 전해주세요."

"아니에요, 정말 도움이 될지는 모르겠지만, 꼭 그렇게 되었으면 좋겠다는 바람이에요. 잘 부탁합니다, 선생님."

"허허, 아직 세상은 따뜻하군요, 그런데…… 전부터 물어보고 싶었는데 말입니다……."

"네, 선생님."

"음…… 리사한테 물어보니 바바라와 원래 아는 사이가 아니시더군요, 그저 병원 앞 벤치에서 우연히 만난 사이라고 하던데 매일 그분을 찾아뵙는 이유가 무엇인가요?"

"아…… 그건…… 실은 바바라를 보러 가는 것이 아니에요."

"예? 바바라가 아니라니요? 그럼 누구입니까?"

건이 차분히 시카고에서 미진을 보았던 이야기를 하자, 병준도 처음 듣는 이야기였기에 놀란 눈으로 물었다.

"무슨 그런 인연이 다 있냐. 거기서 본 아주머니가 하필 네가 치료를 받는 병원에 입원하기도 쉽지 않은데, 바바라 덕에 우연히 들어온 병실에 입원 중이었다고?"

건 역시 신기한 인연이라는 듯 고개를 끄덕였다.

"그러게요, 세상이 참 좁죠?"

가만히 듣고 있던 래리가 깊은 눈으로 건을 바라보며 말했다.

"그때 당신이 언젠가 김미진 씨의 슬픔을 덜어내는 음악을 만들겠다고 한 다짐이 이루어지기 위한 작은 기적이 아닐까 생각합니다. 사람의 염원은 그만큼 강력한 힘을 가지고 있다고 믿거든요."

우연에 기적이라는 의미를 부여한 래리가 웃으며 다시 한번 악수를 청했다.

"그럼, 바로 음악 치료에 들어가겠습니다. 진행되는 과정과 효과는 공유해 드릴 수 있도록 하지요."

♪♫

가사를 만들어 곡을 완성하고픈 건이 키스카에게 물의 노래의 완성본을 보냈지만, 다른 때와 다르게 쉽게 가사를 완성하지 못한 키스카는 일주일이 넘는 시간 동안 그저 음악을 들으며 떠오르지 않는 가사 때문에 고민하고 있었다.

침대 위에 엎드려 빈 노트를 바라보며 고민하는 키스카를 본 그레고리가 옷을 입으며 말했다.

"할머니 병원에 가려는데 같이 갈래?"

그레고리의 말에 고개를 돌린 키스카가 침대 위에 놓인 빈 노트를 힐끔 본 후 덮었다.

"응, 바람도 쐴 겸 나도 갈래."

아빠와 함께 집에서 40분 거리의 병원에 도착한 키스카가 원무과에 볼일이 있는 그레고리와 헤어져 할머니가 입원한 병실로 쪼르르 달려갔다.

늘씬하고 키가 커 이미 숙녀가 되어버린 아름다운 키스카를 본 병원 관계자들이 눈길을 보냈지만, 어린 키스카는 그들의 시선을 눈치채지 못하고 그저 할머니를 보고 싶은 마음에 한달음에 병실로 달려갔다.

1인용 VIP 병실에 입원해 있는 할머니의 방문을 열자, 침대를 반쯤 세워 돋보기를 쓰고 책을 보고 있는 할머니가 웃으며 반겨주었다.

"어이구, 우리 손녀 왔어?"

"할머니이이이~"

같이 밥을 먹고, 한 집에서 생활해야 정이 든다는 말처럼, 일

년 가까이 함께 지낸 두 사람은 어느새 정이 깊어져 있었다.

할머니에게 붙어 애교를 부리던 키스카가 한참 할머니와 놀다가 그레고리가 방으로 들어오자 소파에 앉아 다시 빈 노트를 펴고, 이어폰을 꼈다. 잠시 바람을 쐬고, 할머니를 보고 나면 떠오를 거라 믿었던 가사가 이번에도 떠오르지 않자 인상을 쓴 키스카가 이어폰을 뺐다.

그녀를 보고 있던 할머니가 의아한 눈으로 물었다.

"우리 손녀가 무슨 걱정이 있나 보구나?"

"응, 할머니. 그냥 일이야, 걱정 마. 나 화장실 좀 다녀올게!"

"그래, 넘어지지 말고 조심해서 다녀와."

할머니를 뒤로하고 병실 문을 연 키스카의 귀로 그레고리와 의사의 대화가 들려왔다.

"얼마나 더 사실 수 있습니까?"

"휴, 암세포가 간과 신장까지 번졌습니다. 무척 고통스러우실 거라, 항암 치료를 계속해야 할지 결정을 내리는 것도 쉽지 않군요.

환자의 연세가 많은 경우 항암 치료를 포기하고 편안히 가시게 하는 방법을 추천드리지만, 어머님의 경우 항암 치료를 하지 않아도 무척 고통스러우실 겁니다.

매일 무통 진통제를 놓아드리고 있어서 지금은 편안하실지 모르지만, 약의 효과가 떨어지면 고통을 참기 어려우실 터라

퇴원을 시키기도 어렵군요."

"휴, 그렇군요. 그럼 계속 입원을 하는 수밖에 없을 것 같습니다."

"그러시지요. 고통이라도 덜어드리려면 그 수밖에 없습니다."

의사와 아빠의 대화를 들은 키스카의 표정이 우울해졌다. 화장실에 다녀온 키스카가 안타까운 눈으로 할머니를 보았다.

돋보기를 쓰고 책을 읽던 할머니가 안경을 벗으며 환하게 웃었다.

"이리 오렴, 우리 손녀."

할머니에게 안겨 그녀의 쪼글쪼글한 손을 만지던 키스카가 MP3를 내밀었다.

"할머니, 한번 들어볼래? 내가 참여하는 음악이야."

아까 자신의 일이라며 할머니의 관심을 무시한 것이 마음에 걸렸는지 할머니에게 음악을 들어보라고 권하는 키스카였다.

손녀의 일에 관심이 간 할머니가 이어폰을 귀에 꽂자 물의 노래를 재생해 준 키스카가 할머니의 따뜻한 품에 안겨 눈을 감았다.

이리나 자리시코.

그녀는 조지아 종합병원에서 4년 차 근무 중인 29세의 젊은 간호사였다. 재작년에 지인의 소개로 만난 두 살 연상의 남자와 연애를 했고, 2년간의 연애 끝에 결혼을 결정했다.

최근 결혼 준비로 여러 가지 신경을 쓸 것이 많았던 그녀는 한 번도 싸운 적 없던 남자친구와 가끔 싸우게 되었다.

오늘도 신혼집에 넣을 가구를 고르러 갔다가 성의 없는 표정으로 따라만 다니는 남자친구와 싸우고 그것이 마음에 걸렸던 그녀는 나이트 교대 후 다른 직원들이 퇴근한 틈을 타 남자친구에게 전화를 걸어 화해를 청했다.

밤이었지만 불이 켜져 환한 복도의 간호사 석에 앉은 그녀가 남자친구에게 전화를 걸었다.

"나야, 자기야. 오늘 화내서 미안했어."

제대로 사과를 해야겠다는 생각이었는지 턱을 괸 그녀가 큰 동작을 취하며 말했다.

"자기랑 함께 살아갈 집의 가구를 고르는데, 자기 얼굴에 귀찮아하는 것이 보여서 나도 모르게 화를 냈어. 자기도 요새 이것저것 신경 쓸 일도 많고, 회사 일도 바쁠 것이라는 걸 생각하지 못했나 봐."

상대도 오늘 일이 마음에 걸렸는지 사랑이 가득 담긴 말로 사과를 건네자 두 사람의 관계는 금방 회복되었다. 뭐가 그리 행복한지 한참 동안 이런저런 이야기를 하던 이리나가 밤늦은 시간까지 통화했다.

내일 출근을 해야 하는 상대를 배려하려는지 너무 늦은 시간이 되자 전화를 끊은 이리나가 행복한 미소를 지으며 기지개를 켰다.

가장 중요한 일을 해결했기 때문일까? 그녀의 표정은 출근할 때와 다르게 무척 밝아 보였다.

콧노래를 부르며 커피 한잔을 가져온 그녀가 쌓여 있는 카르테를 들추어 보며 일을 시작하다가 문득 놀란 표정으로 벽시계를 획 돌아보았다. 새벽 한 시 반이 넘은 시간을 확인한 이리나가 벌떡 일어났다.

"세상에, 내 정신 좀 봐! 어머나 일을 어째!"

그녀가 재빨리 카르테 중 하나를 찾아 든 후 복도를 뛰었다. 뛰면서 카르테를 펼쳐 든 그녀의 얼굴에 당황스러움이 번졌다. VIP 병동에 입원한 환자 중 한 시 정각에 무통 진통제를 놓아야 하는 암 환자가 있다는 것을 잊어버린 그녀는 식은땀까지 흘리며 복도를 달렸다.

이름 : 다리야 미오치치
나이 : 87세
병명 : 소장암, 신장암, 윌름스 종양, 전이성 골종양.

주의점 : 매 12시간 간격 무통 진통제 투여. 늦을 경우 환자에게 극심한 고통이 있을 수 있으므로 매 11시간 30분 간격으로 진통제 투여 요망.

주치의 메모 : VIP 고객이므로 각별한 주의 필요.

자신 때문에 온몸이 뒤틀리고, 오장육부에 고통을 호소하고 있을 환자를 생각하니 등에 식은땀이 흘렀다. 거기다 이 환자는 VIP 환자였고 정신도 온전했기에 이 사실이 알려져 컴플레인이 들어오면 결혼 직전에 직장에서 해고당할지도 모른다는 생각까지 겹치자 이리나는 태어나 처음으로 숨도 안 쉬고 달렸다.

혹시나 환자에게 당황한 모습을 보여 그들이 불안해할 것을 걱정한 병원 측은 간호사가 병원에서 뛰어다니는 것을 삼가도록 지시했지만, 지금 이리나에겐 중요하지 않았다. 문을 박살 낼 기세로 열어젖힌 그녀가 VIP 병동에 뛰어 들어갔다.

고요히 불이 꺼진 화려한 방, 유리로 만들어져 안에서 밖이 훤히 보이는 분리형 병실에 거대하고 화려한 침대가 놓여 있었다. 재빨리 달려가 불을 켠 이리나가 침대에 있는 다리야를 보고 그대로 몸을 굳혔다.

다리야는 그야말로 편히 잠이 들어 있었다. 어디 한군데 아픈 기색 없이 낮게 코를 골고 있는 그녀를 본 이리나가 숨을 헐떡이며 안심하는 표정을 지었다. 하지만 안심하는 것도 잠시, 인상을 쓰고 카르테를 본 이리나가 짜증 난다는 말투로 말했다.

"뭐야, 하여간 의사들이란 VIP 환자라면 환장을 하지! 다른 환자들은 무통 주사 놓아달라고 사정을 해도 안 놓아주면서, VIP 환자한테는 시간보다 빨리 안 놓으면 극심한 고통이 있을 수 있다고 엄포 놓은 카르테나 던져놓고!"

투덜거린 이리나가 내일 낮에 무통 주사를 또 맞아야 하는 다리야의 링거에 주사약을 투여했다.

약이 잘 섞이고 있는지 확인한 그녀가 다리야의 편안한 표정을 내려 보다가 그녀의 귀에 이어폰이 꽂혀 있는 것을 보고 의아한 눈을 떴다.

"음악을 듣고 주무시나? 별일이네. 책 말고는 관심이 없으신 분이었는데."

다리야의 귀에 꽂힌 이어폰이 이어진 MP3가 그녀의 손에 꼭 붙잡혀 있는 것을 본 이리나가 입술을 내밀고 어깨를 으쓱했다.

"어쨌든 별일 없으니 다행이지, 뭐."

조용히 문을 닫고 다른 환자들을 놓친 것은 아닌지 다시 한번 차트를 점검하는 이리나였다.

한 달 후.

뉴욕 다운타운 종합병원의 의사들이 회의를 열었다. 한 달 간 연구한 자료나, 특이한 환자의 케이스에 대해 공유하는 자리는 매달 있는 자리였기에, 발표를 준비하는 의사 외에는 모두 편안히 커피를 한 잔씩 들고 자리를 잡았다.

뉴욕 다운타운 병원에서 근무하는 의사는 총 마흔네 명으로, 인턴이나 레지던트를 제외한 정규 의사들의 수로 보았을 때는 꽤 규모가 큰 병원이었다.

병원 최상층의 컨벤션 홀에 도착한 의사들이 자리를 잡자, 사회를 보는 의사가 시작을 알렸고, 의사들은 한 달간 있었던 일에 대해 간단한 발표를 했다.

다들 PPT 서너 장으로 준비된 보고서로 의례적인 보고를 하였고, 특이 사항 없이 진행되던 회의는 조금 졸렸다. 뉴욕 다운타운 병원장인 머피 트로이 원장마저도 졸린 듯 하품을 하며 생각했다.

'이번 달도 별 특이 사항이 없군. 그래, 병원이란 이래야지, 특이 사항 없이 평화로운 것이 가장 좋은 것이야. 하지만 연구 실적이 없는 건 조금 아쉽군, 끊임없이 연구하는 연구의들이 현대 의학을 발전시키는 것인데 말이야.'

그의 무료해 보이는 눈에 단상으로 올라가는 래리가 들어왔다. 정신 병동은 매달 새로운 케이스가 생기기에 그나마 덜 무료하겠다 싶었던 머피 원장이 자세를 고쳐 앉았다.

단상 앞에 선 래리가 두꺼워 보이는 서류철을 단상 위에 올려둔 후 목례를 하고 마이크에 입을 댔다.

"안녕하세요, 선생님들. 정신과 과장 래리 윌킨스입니다."

의례적인 박수 소리가 나오자 잠시 박수 소리가 멈추길 기다린 래리가 자신의 뒤에 있는 대형 TV에 PPT 화면을 띄웠고, 화면의 제목을 본 의사들이 웅성거리며, 컨벤션 홀이 소란스러워졌다.

"음악 치료법에 대한 효과 검증? 그게 되는 일이었어?"

"아직 연구 중인 분야니까 래리 과장이 뭔가 진도를 나갔나 본데?"

"그래 봐야 음악 치료야. 증명해 내는 것이 어려운 분야라고."

"그렇지, 효과가 있었다 해도 그것이 음악 덕분이라는 증명을 하는데 에너지를 쏟아야 하는 분야니까."

웅성거리는 의사들이 가만히 말을 멈추고 자신들을 바라보는 래리 덕에 조금씩 웅성거림을 멈추자, 컨벤션 홀이 곧 조용해졌다.

고요한 컨벤션 홀로 돌아오기를 기다린 래리가 미소를 지으며 말했다.

"오늘은 지난 한 달간 있었던 연구 결과에 대해 보고하는 자리입니다. 먼저 이 연구 결과를 발표할 수 있도록 도움을 주신 케이에게 감사의 인사를 전합니다."

그의 입에서 케이의 이름이 나오자 머피 원장이 무슨 말이냐는 듯 물었다.

"케이라니? 래리 과장. 내가 아는 그 케이 말이오?"

"네, 원장님. 맞습니다."

"아, 음악 치료를 하는데 필요한 음악을 그가 제공했다는 뜻입니까?"

"반은 맞습니다. 실은 그가 제공한 것이 아니라 제가 매달려 얻어낸 것에 가까우니까요."

"음? 무슨 말입니까?"

"연구 결과를 보시면 제가 왜 매달렸는지 알게 되실 겁니다. 첫 번째 케이스부터 보시죠."

자신 있어 보이는 래리가 PPT 화면의 컨트롤러를 누르자 화면은 환자의 사진과 정보가 나온 화면으로 바뀌었다.

"이름, 얼리샤 글래스. 나이 44세. 심각한 수준의 정신분열증과 우울증, 불면증을 앓고 있는 환자입니다. 바다에서 일가족이 낚시를 하던 도중 상어의 습격을 받고 혼자 살아남은 후 정신과에 입원한 지 3년간 호전되려는 조짐이 보이지 않았습니다."

래리가 다시 한번 PPT 컨트롤러를 조작하자 화면이 동영상으로 바뀌었다. 병실의 CCTV인듯한 화면 속에서 얼리샤가 침대 끝에 앉아 낚시를 하는 듯 손을 까딱거리고 있는 것이 보였다. 침상의 모서리에서, 혹은 병원의 간이 침상에서 낚시를 하던 얼리샤는 화장실의 변기 위에서도 낚시하는 듯한 포즈를 취하고 있었다.

화면을 정지시킨 래리가 단상에 손을 올리며 말했다.

"얼리샤 글래스 환자는 감정이나 행동을 통제하는 세로토닌(serotonine), 노르에피네프린(norepinephrine), 도파민(dopamine). 세 가지 호르몬 모두 불균형을 이루던 환자로, 높은 수준으로 몸에 부담이 될 수 있는 약물치료를 받고 있는 환자였습니다. 그녀가 복용하고 있던 약물은 다음과 같습니다."

화면에 얼리샤 복용 중인 약물의 처방이 떠올랐다.

-선택적 세로토닌 재흡수 억제제(Selective Serotonin Reuptake Inhibitors, SSRI), norepinephrine-dopamine reuptake inhibitor(NDRI), 삼환계 항우울제(TCAS), 모노아민산화효소 저해제(MAO inhibitors).

처방이 떠오르자 다시 의사들이 수근거리기 시작했다.

"저 정도 처방이면 뇌 기능 저하가 우려될 수준 아닌가? 그 정도로 심각한 수준의 환자였어?"

"그러게, 일상생활이 불가능할 정도의 항우울제 투여 환자였군."

"일가족이 몰살당하고 혼자 살아남았다잖아, 그럴 만도 하지. 안됐어, 쯧쯧."

래리가 다시 컨트롤러를 조작하며 말했다.

"우리는 지난 한 달간 케이가 제공한 음악을 하루에 세 번, 한 시간씩 들려주는 치료를 진행했습니다. 오전 열 시, 오후 네 시, 오후 열 시에 나누어 들려주었죠. 그리고 현재 얼리샤는 호르몬 분비를 위한 항우울제 투여를 멈췄습니다."

머피 원장이 놀라 벌떡 일어났다.

"뭐요? 항우울제를 저리 심각한 수준으로 복용하던 환자가 약을 끊다니, 환자를 죽일 셈이오?"

래리보다 연차가 젊어 보이는 의사들도 각자 펜을 든 손을 들며 말했다.

"맞습니다, 과장님. 약물치료가 저 수준으로 들어가는 환자에게 약을 끊으면 자칫 쇼크로 가사 상태에 들 수 있지 않습니까? 약을 끊으신 이유가 있으신가요?"

"래리 과장님께서 생각이 있으셨겠지, 항우울제를 끊고 다른 약으로 처방하셨다든지 말입니다."

"세상에 항우울제를 대체할 수 있는 약이 어디 있습니까? 그리고 그런 처방은 적당한 수준의 분열증 환자에게나 가능한 치료법이지, 3년간 호전의 기미도 안 보이는 환자에게 투여를 멈추는 것은 의사로서 해서는 안 되는 행동이라고 생각합니다!"

의사들이 각자 자신의 의견을 말하자 화난 듯 보이는 머피 원장이 래리를 노려보며 손가락질을 했다.

"래리 과장. 제대로 설명하셔야 할 겁니다."

래리가 미소를 지으며 말없이 PPT 컨트롤러를 조작했다.

그리고, 화면 가득 환하게 웃고 있는 얼리샤의 사진이 떠올랐다.

얼리샤의 표정을 본 의사들이 살짝 놀랐지만, 단지 한 장의 사진만으로 항우울제 투여 중지에 대한 근거는 되지 않았기에 가만히 래리의 말을 기다렸다. 사진을 띄운 래리가 단상 옆으로 나오며 사진 앞에 섰다.

"보시는 사진은 이틀 전 찍은 사진입니다. 여기에 정신과 의사 선생님들도 꽤 계시지요? 손을 한 번 들어주시겠어요?"

컨벤션 홀에 앉아 있는 의사 중 여섯 명이 손을 들자 한 명을 가리킨 래리가 물었다.

"거기, 폴 조지 선생님?"

의사가 자리에서 일어나자, 래리가 말했다.

"항우울제 투여 1급 환자가 이리 환하게 웃는 모습을 본 적 있나요?"

폴 조지가 잠시 생각을 해 본 후 고개를 저었다.

"없습니다, 선생님."

"그렇죠? 고맙습니다, 앉아주세요."

래리가 단상을 걸으며 말했다.

"아마도 여러분께서는 지금 이런 생각을 하고 계실 것입니다. 한 장의 사진이 무슨 근거가 되지? 그래, 잘 웃지 않는다고 치자, 하지만 사람이 살면서 한 번도 웃지 않을 수 없으니 웃고 있을 때를 노려 사진을 찍는다고 해서 그것이 근거일 수는 없어."

의사들이 고개를 끄덕이는 것을 본 래리가 컨트롤러를 조작하자, 다시 CCTV 화면으로 보이는 영상이 떠올랐다.

화면 속 얼리샤가 침대에 누워 잠을 자거나, 밥을 먹거나, 일상생활을 하는 화면들이 빠르게 재생되는 것을 심각한 눈으로 보던 머피 원장이 팔짱을 끼며 중얼거렸다.

"음…… 호전된 것 같아 보이긴 하는데……."

화면이 바뀌고 병원 앞 산책로를 걷고 있는 얼리샤가 등장했다. 두어 발자국 떨어진 곳에 리사가 따라붙으며 돌발 상황에 대비하는 것 같았지만 산책로를 걷고 있는 얼리샤의 얼굴은 평온해 보였다.

아무렇지 않은 표정으로 산책을 하던 얼리샤가 리사에게 다가가 무어라 말하자, 리사가 웃으며 그녀와 팔짱을 끼고 병원 안으로 들어갔다.

그것을 본 의사들이 소리쳤다.

"일반인과 의사소통을 할 수 있는 수준이란 말입니까?"

"항우울제 1급 투여 환자가 저게 가능하다고요? 그것도 한 달 만에? 세상에! 무슨 일이 있었던 겁니까?"

"맞습니다! 말도 안 돼요, 설명해 주세요 래리 선생님!"

아우성치는 의사들을 보던 래리가 단상으로 돌아가 마이크에 입을 댔다.

"이미 설명해 드리지 않았습니까, 선생님들?"

래리의 말에 다시 소리를 지르는 의사들이었다.

"무슨 설명 말씀이세요!"

래리가 어깨를 으쓱하며 화면을 가리켰다.

"한 달간 제가 한 일이라고는 환자들이 시간에 맞추어 음악을 들었는지를 체크 하는 일뿐이었습니다. 그나마도 간호사들이 했죠."

어느새 자리에서 일어나 있던 머피 원장이 화면을 손가락질하며 얼빠진 목소리로 말했다.

"저…… 저게 한 달간 그냥 음악만 들려주고 돌려받은 호전 증세란 말이오? 다, 다른 약 처방은요?"

"전혀 없습니다. 지난 이 주간 얼리샤 환자가 먹은 약은 비타민 보조제 외에 없습니다."

믿을 수 없다는 표정을 지은 머피 원장이 더듬거리며 말했다.

"새…… 샘플 환자가 더 있소?"

래리가 웃으며 PPT 컨트롤러를 눌렀다.

"네, 총 네 명의 환자가 샘플 치료를 마쳤고, 현재 전원 호전 증세를 보이고 있습니다."

래리가 코트니와 미진의 샘플을 동영상으로 보여주었다. 코트니의 경우 심각한 공격 성향으로 밥을 먹던 플라스틱 도구로 간호사나 의사들을 공격하는 장면과 고개를 까딱이며 밤에도 잠을 자지 못하는 모습을 보여준 후 현재의 모습을 보여주었다.

아직 말을 하는 모습은 보이지 않았지만, 고개를 까딱거리는 모습은 전혀 보이지 않았고, 자신에게 다가오는 사람만 봐도 움찔거리던 경계성이 많이 사라졌는지, 간호사가 다가와도, 혹은 자신의 몸을 만져도 그저 보고만 있는 코트니였다.

미진의 경우 온종일 얼굴을 가리고 울기만 하는 모습을 보였고, 밤에도 누워 있다가 일어나 통곡하는 모습들을 보여주었다.

현재의 모습에서는 우울함은 그대로였지만 밤에 자다 일어나 우는 모습을 보이지는 않으며, 가끔 눈물을 글썽이기는 하지만 예전처럼 통곡하는 일이 현저히 줄어들었음이 그래프로 보였다.

시간이 갈수록 더욱 놀라워하는 의사들을 흐뭇한 눈으로 보던 래리가 입을 열었다.

"이제 마지막 환자입니다."

래리의 말이 끝나자, 이번에는 뇌 MRI 사진 여덟 장이 화면을 수놓았다.

"바바라 듀마스, 나이 79세. 알츠하이머 증세 발병 1년 4개월 차의 노인입니다."

머피 원장이 자신의 뒤에 앉아 있는 뇌 의학과 과장을 돌아보며 물었다.

"알츠하이머 환자가 왜 정신 병동에 있는 거요? 뇌 의학과에 있어야 하는 것 아닙니까?"

뇌 의학과 과장이 고개를 끄덕였다.

"보통 뇌 의학과 병동에 있습니다만, 바바라 듀마스 환자의 경우 더 이상 치료가 불가능한 수준까지 기억이 상실되었습니다. 하루 중 한 시간도 제정신을 유지하지 못해 5개월 전 정신 병동으로 이동되었습니다."

머피 원장이 다시 앞을 보며 말했다.

"음…… 알츠하이머는 뇌 질환이니 음악으로 치료될 리는 없겠군요."

그의 중얼거림은 래리의 다음 말이 이어지는 것과 동시에 경악에 찬 외침으로 바뀌었다.

래리가 미소를 지으며 말했다.

"저는 이번 실험 연구에서 뇌 질환에도 도움이 될 수 있을지 모른다는 희망감에 이 환자를 치료자 명단에 포함시켰습니다. 사실 네 환자 모두 같은 병실에 있었기에 가능한 일이었지만요."

래리가 화면에 떠오른 뇌 MRI 사진을 보며 설명했다.

"모두 아시겠지만, 알츠하이머 환자의 뇌는 심각한 수준의 세포 손실이 있습니다. 바바라 듀마스 환자의 뇌는 피질이 수축돼 사고, 계획, 기억을 담당하는 기관에 문제가 생겼었죠."

그가 컨트롤러를 조작하자 다시 화면에 다른 사진들이 떠올랐다.

"맨 처음 보신 것이 그녀가 입원한 첫날 검사에서 촬영된 사진이었고, 지금 보시는 것이 입원 4개월 뒤에 찍은 사진입니다. 보시다시피 해마상 융기라는 기억을 담당하는 피질에 손상이 있죠."

래리가 다시 한번 컨트롤러를 조작하자 뇌의 상당 부분이 검게 변한 사진이 떠올랐다.

"그리고 이것이 뇌 의학과에서 정신 병동으로 옮기기 직전에 찍은 사진입니다. 뇌실(수액으로 채워지는 공간)이 점점 커져 뇌의 기능 저하가 심각한 수준으로 이루어졌죠. 당시 그녀는 하루에 한두 시간 정도만 온 정신을 유지할 수 있는 상태였습니다."

래리가 단상 앞으로 나서며 말했다.

"의사 선생님들 모두 알고 계시듯 알츠하이머를 앓고 있는 환자는 대부분 2년 안에 병의 진행이 급속히 진행되어 유아기의 기억만 남게 됩니다. 보고 계신 사진들의 흐름만 보아도 4개월 주기로 찍은 뇌는 급격히 그 기능을 잃어가고 있었지요. 그리고 이것이 바로 이틀 전 찍은 뇌의 MRI입니다."

그가 컨트롤러를 조작해 사진이 떠오르자 의사들이 웅성거렸다. 잠시 자신들끼리 의견을 나눈 의사 중 한 명이 손을 들고 말했다.

"저…… 래리 선생님. PPT에 오류가 있는 것 같습니다. 이 사진은 조금 전에 보여주신 4개월 전 사진과 동일한 사진 같은데요."

미소를 지은 래리가 단상으로 돌아갔다. 잠시 의사들을 둘러본 래리가 웃으며 말했다.

"오류가 아닙니다. 이틀 전에 찍은 MRI가 맞습니다."

의사들이 소란스러워졌다.

"뭐라고? 4개월 동안 뇌 손상 진행이 안 되었다는 말입니까?"

"그게 말이 되나요? 음악으로 치료를 해서 진척이 있었다 해도 한 달입니다. 나머지 3개월에 대한 진행은 있어야 맞지요."

"뭔가 오류가 있었던 것은 아닙니다, 래리 선생님?"

가만히 의사들의 말을 듣고 있던 래리가 마이크에 입을 대자, 의사들이 조용해졌다.

"영상의학과 제레미 선생님? 와 계십니까?"

맨 뒤에 앉아 있던 흑인 교수가 손을 들자 래리가 말했다.

"이 촬영은 제레미 선생님이 직접 진행하셨습니다. 선생님? 말씀해 주세요."

자신에게 신경이 집중되자 약간 긴장해 보이는 제레미가 말했다.

"정확히 이틀 전에 촬영한 것이며, 제가 직접 비교해 보고 놀라 래리 교수님을 찾아가 말씀드린 바 있습니다."

제레미의 확인이 결정타였다. 놀라며 자리에서 벌떡 일어나는 의사들 덕에 뒤로 나자빠지는 의자들이 요란한 소리를 냈다.

"저, 정말입니까?"

"이, 이게 사, 사실이라면 의학계에 빅뉴스입니다! 당장 학회에 보고해야 합니다!"

"맞습니다, 엄청난 발견이 될지도 모릅니다, 선생님!"

소란스럽게 부산을 떨어대는 의사들 속에 진중한 표정을 지으며 사진들을 보고 있던 머피 원장이 한 손을 들었다.

원장이 손을 들자 떠들어 대는 것을 멈춘 의사들이 순식간에 조용해졌다. 래리가 발언하라는 듯 손을 내밀자 머피 원장이 신중한 표정으로 말했다.

"정확히 합시다. 치료가 된다는 겁니까, 아니면 진행이 멈췄다는 겁니까?"

래리가 사진을 힐끔 본 후 고개를 저었다.

"아직 알 수 없습니다. 그것을 증명하기에는 시간이 부족했기 때문입니다. 하지만, 이 사진으로 유추해 보기에는 미세한 치료 효과가 있는 것이 아닐까 유추하고 있습니다. 음악 치료를 하기 전 3개월간 손상되어야 마땅한 세포들이 손상되지 않았다는 것이 그 증거이니까요."

머피 원장이 수긍한다는 듯 고개를 끄덕이며 말했다.

"샘플 환자는 넷이 전부입니까?"

"네, 그렇습니다."

머피 원장이 자리에서 일어나 의사들을 둘러보며 말했다.

"샘플 환자를 늘리도록 하세요. 그리고 정신과 선생님들께서는 전원 전력으로 래리 선생님을 돕습니다. 이 연구는 단지 우리 병원만을 위한 것이 아닌 인류를 위한 발견이 될지도 모르는 만큼, 병원 차원에서 치료와 연구에 발생하는 모든 비용을 지원하도록 하겠습니다."

머피 원장의 결정이 당연하다는 듯 연신 고개를 끄덕이는 의사들이었지만 유독 힘없는 표정을 짓는 래리를 본 머피 원장이 말했다.

"래리 선생님? 무슨 문제라도 있나요?"

"에…… 실은 이 음악이 케이의 정규 앨범에 수록될 곡이라 아직 미발표곡입니다. 팡타지오와의 협의 시 네 명의 샘플 환자에게만 음원을 제공하기로 계약이 되어 있어 샘플 환자를 늘리는 것은 계약 위반이라, 팡타지오 측 허가와 재계약이 필요한 사항입니다."

래리의 말을 들은 의사들이 고함을 질렀다.

"지금 앨범 수익 따위를 따질 때요? 인류가 정복해 내지 못한 병을 치료할 기회란 말입니다!"

"맞습니다! 지금 돈 따위 생각할 때가 아니지 않습니까?"

"젠장! 사람을 살리는 일인데 그따위 것을 생각해야 합니까?"

의사들의 고함 소리를 들은 머피 원장이 손을 들어 그들을 진정시키며 말했다.

"무슨 소리를 하는 겁니까? 호의로 음악을 제공해 준 당사자가 당신들의 말을 들으면 얼마나 기분이 나쁘겠습니까? 아까 래리 선생님의 말씀 못 들으셨소? 우리 쪽에서 매달려서 음악을 받아냈다는 것 말입니다. 어찌 여러분은 의학이라는 평계 하에 의학과 관련도 없는 사람의 무조건적인 희생을 당연시하십니까? 물론 나 역시 생명보다 중한 것은 없다고 생각하는 의사이지만, 그것은 우리들의 생각일 뿐입니다. 몰상식한 발언은 자제해 주세요."

그제야 조용해진 의사 중 일부는 자신의 발언을 반성하는 기색이었고, 또 일부는 여전히 불만스러운 표정이었다.

그런 일부를 바라보며 고개를 절레절레 저은 머피 원장이 말했다.

"어찌 지식인이라는 사람들이 저런 생각을 할 수 있는지 원……. 래리 선생님? 그래서 그 앨범은 언제 발표한답니까?"

"네, 원장 선생님. 올해 겨울쯤에 발표할 예정입니다."

"으음…… 꽤 긴 시간을 기다려야 하는군요. 안 되겠습니다, 이사회 회의 후 팡타지오 관계자를 만날 수 있도록 자리를 마련해 주세요."

이사회를 만난다는 것은 음원의 사용료를 내겠다는 뜻이 되는 것을 알아챈 래리가 환하게 웃으며 힘차게 대답했다.

"네, 원장 선생님!"

◈ 5장 ◈
음악, 그 힘을 드러내다(2)

조지아 종합병원.

VIP 환자인 다리야 미오치치의 회진을 마친 유리 글루샤코프는 올해 58세의 노련한 의사로, 그녀의 상태가 이상함을 느끼고 즉시 의료진에게 그녀의 조직검사와 MRI 촬영을 지시했다.

그레고리와의 대화 후 한 달이라는 시간이 지났지만, 무통진통제의 영향이라고 하기에는 무리가 있는 그녀의 상태는 이해할 수 없는 수준의 것이었다.

홀로 진료실에 앉아 그녀의 검사 결과를 기다리던 유리가 턱을 괴며 생각에 빠졌다.

'이해할 수 없는 일이다. 암세포의 전이 속도로 보았을 때 지

금쯤 죽음의 문턱에 있어야 할 다리야 미오치치 환자가 그토록 평안한 웃음을 보이는 것은 말이 안 돼.'

한 달 전, 그녀의 상태가 더 이상 치료의 의미가 없음을 알고 모든 검사와 항암 치료를 중단시켰었다. 정기적으로 진행하던 검사도 중단시켰기에 현재 그녀의 상태를 정확히 알기 위해서는 검사 결과가 나오는 것이 시급했다.

다른 진료를 미루어 두고 초조하게 결과만을 기다리던 그가 노크 소리에 고개를 번쩍 들었다.

똑똑.

"들어와요!"

삼십 대의 젊은 의사가 두꺼운 서류 봉투를 들고 들어오는 것을 본 유리가 황급히 손을 내밀었다.

"검사 결과인가?"

"네, 선생님."

"좋아, 보자고."

젊은 의사가 서류 봉투에서 MRI 촬영 필름들을 꺼내 조명에 붙였다. 총 열 장이 넘는 사진을 붙인 젊은 의사가 나머지 서류 봉투를 내밀며 말했다.

"조직검사 결과도 들어 있습니다."

젊은 의사의 말에도 MRI만을 뚫어지게 보고 있던 유리가 중얼거렸다.

"원발성 신세포암이었지, 다리야 미오치치 환자의 경우 부종양증후군(고혈압, 고칼슘혈증, 비전이성 간기능이상, 적혈구 증가증 등)이 나타났고, 전이가 있어 호흡곤란, 기침, 발작, 두통, 골 동통 등의 전이 증상이 나타났었네. 현재 간호사들이 체크 한 카르테를 보여주게."

젊은 의사가 서류 봉투에서 카르테를 빼내어 내밀자, 그를 본 유리의 눈이 커졌다.

"응? 이거 제대로 체크 한 것이 맞는가?"

젊은 의사가 심각한 표정으로 고개를 끄덕였다.

"증상 중 환자가 괴로움을 느낄 수 있는 모든 증상이 완화되었습니다. 저 역시 믿기지 않아 간호사장까지 불러 체크 했습니다만, 삼교대로 돌아가는 간호사 모두가 같은 거짓말을 기록할 리는 없지 않습니까, 선생님."

유리가 다른 차트를 넘겨 보며 물었다.

"간부전 증상 쪽은 어떤가?"

젊은 의사가 역시 고개를 저으며 말했다.

"한 달 전만 해도 황달과 복수가 차 여러 번 강제로 복수 제거를 하였습니다. 식도정맥류 출혈이 나 사흘 동안 식사하지 못한 적도 있었지요, 복수의 제거는 삼 주전이 마지막, 황달 증세는 사라졌습니다."

유리가 인상을 찌푸리며 MRI를 가리켰다.

"이게 무슨 일이지? MRI로 보기에는 암 진행이 멈췄지만, 여전히 심각한 수준의 암 말기 환자의 차트야. 저 정도면 일시적으로 병의 진행이 멈췄다 해도 다발성 합병증이 와야 정상 아닌가? 또, 간암의 경우 고통이 극심해야 할 텐데 그런 고통이 없다는 것은 이상한 일이군. 특이 케이스로 학회에 보고해야 할까?"

젊은 의사가 모르겠다는 듯 팔짱을 끼고 MRI를 뚫어지게 보았다.

"잘 아시겠지만, 사진으로 보았을 때 병이 나아가는 것은 아닙니다. 암세포가 전이된 부분도 한 달 전과 그대로이고, 더 이상 진행이 안 된 것뿐이죠. 물론 그것만으로도 신기한 일입니다만, 가장 이해되지 않는 것은 바로 고통을 못 느끼고 있다는 것입니다."

유리가 차트를 내려놓고 MRI를 보며 동조했다.

"그렇지, 암 말기의 환자는 그 괴로움으로 인해 팔을 잘라도 모를 만큼 암세포 전이된 부분의 고통이 극심해. 그런데 이건……."

"우리가 모르는 뭔가 있는 겁니다. 연구해야 합니다, 선생님."

유리가 이맛살을 찌푸리며 환자 기본정보를 가리켰다.

"자네 이 환자가 누구인지 아는가?"

"모릅니다, 하지만 인류의 의학 발전을 위해 어떤 희생도 감수하고 연구대상에 올려야 합니다, 선생님."

"레드 마피아 보스 그레고리 미오치치의 친모네. 어떤 희생도 감수해? 그의 말 한마디면 우리 병원은 하루도 안 되어 세상에서 사라질 게야."

젊은 의사가 눈에 띄게 당황한 모습을 보였다. 레드 마피아는 세계적으로 위험함의 대명사가 되어 있지만, 러시아 내에서 그 이름이 주는 공포는 더욱 엄청났기 때문이다.

"레…… 레드 마피아 보스의 친모란 말입니까?"

유리가 깍지 낀 손을 이마에 대며 한숨을 쉬었다.

"휴…… 그래. 어떻게 돈이라도 쥐여주고 연구하게 해달라고 했다간 당장에 목이 날아가겠지."

젊은 의사가 식은땀을 닦았다.

"그, 그렇군요……. 아쉽게 되었습니다."

유리가 다시 MRI를 보며 한참 침묵하다 입을 열었다.

"일단 병이 낫고 있는 것은 아니란 말이지? 음…… 조금 더 지켜보지."

"네, 매시간 체크해 보고하겠습니다."

뉴욕 다운타운 종합병원 컨벤션 홀.

수많은 의사가 자리한 이곳에 병준과 건이 앉아 래리의 치료 효과에 대한 보고를 듣고 있었다.

한참 결과를 듣고 있던 병준이 아연한 표정으로 물었다.

"그…… 그럼 음악 치료로 효과를 보셨단 말입니까? 정말로요?"

래리가 웃으며 고개를 끄덕였다.

"네, 보시다시피 현저히 좋아지고 있습니다. 이러한 효과로 인해 우리 병원에서는 샘플 환자를 좀 더 늘려보고 싶어 자리를 마련한 것이고요."

맨 앞자리에 앉아 함께 결과를 듣고 있던 머피 원장이 일어나 건과 병준 앞에 섰다.

"우리 이사회에서는 정식으로 음원의 사용료를 내고 비밀유지 협약을 다시 체결 후 샘플 환자를 통한 연구를 하게 해줄 것을 요청드리는 바입니다."

병준이 머뭇거리며 고민하는 모습을 보이자 몸이 달았던 머피 원장이 다시 말을 이었다.

"음원의 사용료는 어떤 기관보다 높은 게런티를 지불한다 해도 감수하겠습니다. 이는 인류 의학의 발전을 위함이며, 생명을 살리는 일입니다. 가급적 협조해 주시면 대단히 감사하겠습니다."

병준이 아직 미발표 앨범의 유출로 인해 발생할 리스크를 고려하다 문득 옆자리에 아무 말 없이 앉아 있는 건을 보았다.

가만히 자신을 바라보고 있는 건을 본 병준이 실소를 지었다.

"무슨 말 할지 아니까, 그냥 가만있어라."

"형……."

"안다고 이놈아. 그런데 이건 생각 좀 해봐야 해. 리스크에 대해 고려를 하고 움직여야지."

병준의 말에 건이 결연한 표정으로 말했다.

"유출되어서 앨범에 못 넣어도 상관없어요. 음악은 또 만들면 되잖아요, 하지만 생명은 다시 만들 수 없어요. 신이 아닌 이상."

건의 말에 가만히 그를 노려본 병준이 한숨을 쉬었다.

"에혀, 네 고집을 누가 말리겠냐, 그럼 너 유출로 인해 앨범 발표 시 물의 노래를 못 넣는다 해도 괜찮다는 거지? 회사에 그렇게 보고한다?"

"네, 그렇게 해주세요, 형."

병준이 건의 표정을 살핀 후 고개를 숙였다. 조금 더 고민하던 병준이 고개를 숙인 채 물었다.

"김미진, 그 아주머니 때문이지?"

건이 조용히 고개를 끄덕이자 다시 한번 한숨을 내쉰 병준이 전화기를 들고 일어나 머피 원장에게 말했다.

"일단 뮤지션이 동의했으므로 회사의 동의를 얻은 후 다시 말씀드리겠습니다. 바로 통화하고 올 테니 조금만 기다려 주세요."

머피 원장이 주먹을 불끈 쥐며 밝은 표정으로 말했다.

"네, 고맙습니다. 기다리겠습니다."

아직 완전한 허가를 받은 것이 아니었지만 그들을 지켜보고 있는 의사들이 속으로 환호성을 외쳤다.

마흔 명이 넘는 의사들이 긴장된 표정으로 컨벤션 홀 밖으로 전화를 하기 위해 나간 병준이 돌아오기만을 기다렸다.

시계의 초침이 지나는 소리가 크게 느껴질 만큼 고요한 컨벤션 홀에서 의사들과 같은 마음과 표정으로 병준을 기다리는 건을 본 래리가 미소를 지으며 말했다.

"당신은 뮤지션이면서 의사와 같은 마음을 가졌군요, 정말 존경스럽습니다."

래리의 말을 들은 머피 원장 역시 고개를 크게 끄덕이며 말했다.

"그래요, 저 역시 당신에게 존경을 표합니다."

얼굴에 금칠하는 두 사람 덕에 민망한 웃음을 지은 건이 그저 병준이 나간 문을 바라보았다.

잠시 후.

문이 열리는 소리가 들리자 마흔 명 모두의 고개가 문 쪽으로 돌려졌다. 기대에 찬 눈으로 자신을 바라보는 수많은 시선을 느낀 병준이 그들을 둘러보다 마지막으로 건과 눈을 마주쳤다.

간절해 보이는 건의 눈빛을 받은 병준의 고개가 서서히 끄덕여지자, 컨벤션 홀에 큰 환호가 터졌다.

"만세!!!!"

"그래!! 이래야지!!"

"와하하하!! 고맙습니다, 고맙습니다!"

머피 원장이 아직 이야기가 끝나지 않았다는 듯한 손을 들자 의사들이 순식간에 조용해졌다.

아직 긴장을 지우지 않은 그가 조심스럽게 물었다.

"저…… 샘플 환자의 수는 얼마까지 늘릴 수 있을까요?"

병준이 자리로 돌아와 핸드폰을 테이블 위에 올린 후 옆자리에 앉은 건의 어깨를 잡았다.

"케이에게 일임하라 하십니다."

머피 원장이 건 쪽으로 고개를 돌리며 물었다.

"예? 일임하라 하신다는 것이 무슨 의미인지……."

병준이 히죽 웃음을 지으며 건의 옆모습을 보았다.

"팡타지오는 금번 일에 대한 모든 결정 권한을 케이에게 일임합니다. 앞으로 물의 노래에 관한 결정은 회사의 공식 입장 없이 케이와 상의해 처리하시면 됩니다. 케이의 뜻이 곧 팡타지오의 뜻입니다."

병준의 말을 들은 의사들이 다시 한번 큰 환호를 보내며, 가지고 있던 서류를 머리 위로 던졌다.

"와아!!!!"

환호하던 의사들이 한 명씩 일어나며 박수를 보내기 시작하자, 컨벤션 홀을 메우고 있던 의사들 전원이 일어나 건에게 박수를 보냈다.

가만히 회사의 결정을 듣고 감사한 마음을 가진 건이 병준에게 나직하게 말했다.

"린 이사님의 결정인가요?"

병준이 살짝 고개를 끄덕인 후 말했다.

"린 이사님이 직접 왕하오 회장님과 협의하신 내용이야."

"감사해요, 형."

"나한테 말고 린 이사님께 감사해라. 에혀 또 돈 안 되는 일하게 생겼네. 너 사용료도 안 받을 생각이지?"

건이 장난스럽게 웃으며 고개를 갸웃했다.

"헤헤? 어떻게 아셨어요?"

"인마, 린 이사님이 이미 예견하셨어. 네 맘대로 하란다."

"크큭, 역시 이사님이세요."

옆에서 그들의 말을 듣던 머피 원장이 놀라며 물었다.

"사용료를 안 받으시다니요? 그럴 수는 없습니다. 심혈을 기울여 만드신 음악일 텐데 우리 의학계가 그리 철면피는 아닙니다. 사용료는 받아주세요."

병준이 피식 웃으며 건을 보자, 건이 자리에서 일어나며 박수를 치다 머피 원장의 말을 듣고 놀라는 의사들을 둘러보았다. 의사 한 명씩의 눈을 맞추던 건이 활짝 웃으며 말했다.

"사용료로 책정되는 금액은 정신 병동 환경 개선에 쓰일 수 있도록 기부하겠습니다. 환자들이 조금 더 좋은 환경에서 치료를 받을 수 있도록 해주세요."

머피가 말을 잊었다. 래리 역시 입을 벌리고 건과 병준을 보고 있었고, 컨벤션 홀에 침묵이 흘렀다.

이름 모를 의사 하나가 중얼대듯 말하는 소리만이 조그맣게 퍼져 나갔다.

"천사…… 천사인가?"

브루클린 브릿지 위.

차들이 쌩쌩 달리는 이곳에 두 남자가 서 아래를 내려다보고 있었다. 오랜만에 슈트를 입고 있는 금발 미소년 파이몬이 한결같이 검은 정장에 선글라스를 쓴 가마긴을 보며 물었다.

"괜찮겠습니까? 죽어야 할 인간들이 죽지 않을 수도 있습니다. 질서를 어지럽혀도 괜찮은 걸까요?"

선글라스에 가려져 표정을 알 수 없는 가마긴이 바지 주머니에 손을 넣은 채 말했다.

"죽어야 할 인간이 죽지 않는 것이 아니다. 단지 그 시간이 조금 늦춰질 뿐이지. 아이가 만든 노래는 육체적인 병을 치료하지 못해. 그저 그들의 정신을 맑게 하고 나쁜 기억을 망각하게 하며, 행복한 기억을 떠올리게 해줄 뿐이야."

파이몬이 잠시 생각해 본 후 입술을 내밀었다.

"영혼을 데려가려 대기하고 있는 사자들이 당황하고 있습니다. 죽어야 할 날짜에도 죽지 않는 인간들 덕에 천계와 지옥 양쪽 모두가 이 일을 주시하고 있고요, 현재는 몇 명 안 되지만 인간들이 연구를 시작하면 곧 확산될 것입니다."

"괜찮아, 죽지 않는 것은 아니니까 말이야. 다만 두어 달 더 사는 것뿐이지, 어차피 질서를 어지럽히는 것이 아니니 곧 적응할 것이네. 그리고 만약 질서에 문제가 생길 수준이었다면 처음부터 미카엘이 허락하지 않았을 게야."

"음…… 그렇군요."

"구시온은 뭘 하고 있나?"

파이몬이 웃음을 지으며 말했다.

"당황하고 있지요, 하하."

가마긴이 파이몬 쪽으로 고개를 돌렸다.

"천계가 움직이지 않아서?"

"네, 천계는 물론 지옥도 움직이지 않으니 당황스럽겠죠, 한계를 넘은 인간이 나왔지만, 어느 곳도 움직이지 않고 있으니까요."

"음, 계속 주시하게. 움직임이 있다면 바로 말하도록."

"네, 각하."

지옥.

온통 보라색으로 물든 괴기스러운 성은 외부에서 보았을 때 박쥐의 모습과 비슷한 모습을 보이고 있었다. 박쥐의 눈으로 보이는 구멍 안에 화려한 응접실이 보였다. 엔틱한 보라색 소파에 앉아 있던 구시온이 테이블을 내려쳤다.

쾅!

"도대체 어떻게 된 일이야!"

도열해 있던 시종들이 구시온의 분노에 몸을 움찔거렸다. 식은땀을 흘리며 자신들의 주인 눈치를 보던 시종들이 할 수 있는 일은 없었기에 그저 몸을 부르르 떠는 것 외에 다른 움직임은 없었다.

박쥐의 눈들을 통해 세상을 보고 있던 구시온이 자리에서 벌떡 일어났다.

"바알을 알현해야겠다."

구시온의 몸이 그 자리에서 사라졌다. 보라색 연기를 남긴 그가 순식간에 바알의 영역에 도착하자, 피로 이루어진 강가를 지키고 있던 머리가 세 개 달린 사자 여섯 마리가 으르렁거렸다.

같잖다는 눈빛으로 사자들을 보던 구시온이 눈에 힘을 주자 그의 눈빛에 보라색 불이 일렁였다.

끼잉, 끼잉!!!

마치 고양이 같은 소리를 내는 사자들이 구시온의 안광에 꼬리를 말고 구석으로 도망쳤다. 금방 꼬리를 말아버리는 마수들을 본 구시온이 혀를 차며 말했다.

"어디 미천한 것들이 이를 드러내? 바알의 종속이 아니었다면 소멸시켜 버렸을 텐데."

구시온이 강가에서 잠시 기다리자, 해골이 노를 젓는 나룻배가 안개 속에서 모습을 드러냈다. 주머니에서 꺼낸 정체를 알 수 없는 동전을 튕겨 해골 뱃사공에게 던져주자 나룻배가 강가에 정박하였다.

배에 오른 구시온이 안개로 휩싸인 피의 강을 건너 바알의 영역으로 들어섰다. 멀리 보이는 바알의 성은 다른 악마들의 성과는 달랐다.

고대 이집트 시절에 풍요의 신으로 숭배받던 바알의 성은 이집트 특유의 양식으로 지어진 석조 성으로 화려한 조각들로 외벽이 장식되어 있고, 풍족한 음식이 사방에 널려 있었다.

　코끼리를 닮은 마수들과 사막여우를 닮은 야수들이 자유롭게 걸어 다니고, 바알의 종속들이 여기저기 누워 음식을 먹고 있는 것을 보며 걷는 구시온이 인상을 썼다.

　"여긴 언제와도 적응이 안 되는군. 이곳이 어딜 봐서 악마의 성이야?"

　구시온이 투덜거리며 걸어 성의 입구에 서자, 창백한 인상의 시종장이 우람한 상체를 드러내고 다가왔다. 살짝 고개를 숙여 보인 그가 말없이 거대한 성문을 열자, 황금으로 도배되다시피 한 내부의 모습이 들어왔다.

　벽부터 가구까지 모두 황금으로 만들어진 거대한 공간 중앙, 아름다운 여인들의 품 안에 안겨 있던 미중년이 고개를 들었다.

　상체를 훤히 드러내고 하의는 황금색 갑옷을 입은 흑인이 짧은 머리를 매만지며 말했다.

　"구시온? 말도 없이 갑자기 무슨 일인가?"

　구시온이 중앙으로 걸어와 무릎을 꿇고 예를 올렸다.

　"악마들의 선구자, 바알을 알현 하나이다."

　바알이 여인의 하얀 허벅지를 베고 누우며 손을 휘저었다.

"예는 되었네. 무슨 일인가?"

구시온이 감히 눈을 마주치지 못하고 고개를 숙인 채 말했다.

"한계를 넘은 인간이 있습니다만, 모르고 계신 듯하여 찾아왔습니다."

바알이 인상을 찌푸렸다. 그의 표정을 본 여인들이 황급히 자리에서 벗어나자, 풍요롭기만 했던 바알의 성이 순식간에 얼음장 같은 한기를 풍겼다.

바알의 태도가 바뀜에 따라 황금 바닥이 얼어 붙어가는 것을 느낀 구시온이 몸을 덜덜 떨었다.

"모르고 있는 것 같아 찾아왔다? 네놈이 아는 일을 내가 모를 것이라고? 날 무시하는 것인가, 구시온?"

구시온이 대경하며 이마를 바닥에 찧었다.

"그, 그런 것이 아니오고!!"

"꺼져라."

"예?"

"꺼지라 했다."

"아……. 예, 알겠습니다."

구시온이 감히 바알을 마주하지 못하고 뒷걸음질로 성을 벗어나자 끝까지 그를 노려보고 있던 바알의 표정이 풀리며 겁먹은 듯 서 있는 여인들에게 손짓했다.

"이리 오라."

여인들이 바알의 주변으로 몰려들어 부채질을 하고, 음식을 먹여주기 시작하자 다시 만족스러운 표정을 짓는 바알이었다.

여인이 먹여주는 포도 한 알을 입에 넣은 바알이 입안에서 터지는 과즙을 느끼며 손을 들자, 대기하고 있던 근육질의 시종이 급히 다가와 무릎을 꿇었다.

잠시 그를 내려다본 바알이 말했다.

"가마긴에게 전해라, 구시온이 다녀갔으니 약속을 지키라고 말이야."

시종이 넙죽 엎드리며 이마를 바닥에 찧은 뒤 사라지자 바알이 여인의 허벅지를 만지며 나직하게 말했다.

"가마긴의 마력 절반이라. 그 정도면 눈감아줄 만하지."

한편 바알의 성을 나와서도 떨리는 몸이 진정되지 않은 구시온이 손바닥에 고인 땀을 바라보며 황급히 강가로 뛰었다.

주머니를 뒤져 해골 뱃사공에게 다시 동전을 쥐어 준 구시온이 강가로 띄워진 배 위에서 연신 바알의 성을 돌아보았다.

"뭐, 뭔가 거래가 있었다. 바알이 알면서도 가만둘 리가 없는데. 비싸고 님이나 아가레스 님도 마찬가지라는 것인가? 젠장, 뭐가 어떻게 되어 가고 있는 것인지 모르겠군."

강 반대편에 도착한 구시온이 일 초도 더 바알의 영역에 있기 싫다는 듯 바로 보라색 연기로 화해 사라졌다.

잠시 후 자신의 성에 모습을 드러낸 구시온이 아무도 없는 응접실에 앉아 어두운 지옥 하늘을 바라보았다.

"가마긴 같은 고위 악마의 행사이니 악마들과의 거래로 그들의 행사를 막을 수는 있다. 하지만 왜 천계는 움직이지 않는 거지? 미카엘이 미치지 않고서야 이런 일을 묵과할 리가 없을 텐데?"

중얼거리는 구시온이 바라보고 있는 하늘, 지하 세계인 지옥을 뚫고 올라가 인간계를 거쳐 끝없이 올라간 하늘과 우주가 맞닿는 공간, 자욱한 구름을 발판 삼아 아래를 내려다보고 있는 칼리엘이 긴 금발 머리를 뒤로 넘기며 웃었다.

"후후, 구시온 녀석. 혼란스럽기도 하겠지."

칼리엘의 옆 구름 위에 앉아 있던 아름다운 소녀가 의문스러운 눈으로 말했다.

"지옥도 보이십니까, 칼리엘 님?"

칼리엘이 그녀를 힐끔 보며 웃었다.

"후후, 제대로 보이는 것은 아니고, 대략적으로만 보이지. 나나엘 너도 곧 보이게 될 게야."

오랜만에 모습을 드러낸 꿈의 천사 나나엘이 입술을 삐죽 내밀며 팔짱을 꼈다.

"언제가 될지는 모르지만 그러한 성력이 생긴다 해도 굳이 지옥을 보고 싶지는 않습니다."

"크크, 유쾌한 곳은 아니지."

나나엘의 표정에 걱정이 깃들었다.

"저기, 칼리엘 님. 미카엘 님의 명으로 모든 천사가 그저 아이를 주시하고 있기만 합니다만, 정말 이래도 괜찮을까요?"

칼리엘이 휘파람을 불며 나나엘을 보았다.

"오, 자네 미카엘 님을 의심하는 것인가? 우리 나나엘이 많이 컸군그래?"

나나엘이 당황한 표정으로 손을 휘저었다.

"헉!! 그, 그런 것이 아닙니다! 다, 단지 걱정이 되어 그런 것뿐입니다."

"후후, 장난이니 그리 당황하지 말게."

칼리엘의 말에 등에 흐른 식은땀을 느끼는 나나엘이었다. 잠시 그녀를 놀린 칼리엘이 다시 구름 아래를 보며 말했다.

"미카엘 님이 알아서 하실 게야, 우리엘과 레미엘도 내려가 있지 않은가. 걱정 말게. 정 걱정되면 자네도 내려가도 좋네."

나나엘이 자메이카에서 결계를 파괴하려던 가마긴과 파이몬을 떠올리며 몸을 부르르 떨었다.

"시, 싫습니다! 암두시아스 정도라면 몰라도 가마긴과 파이몬은 정말 무섭다고욧!"

"크크, 그럼 계속 지켜보게."

♪♪♩

　두 천사가 내려다보는 구름 아래 뉴욕 다운타운 종합병원의 이른 오후.

　여름에 들어서며 뜨거운 햇살이 비추는 곳을 혼자 걷고 있던 건이 간호사와 벤치에 앉아 있는 미진을 멀리서 보고 있었다.

　오랜만에 보는 미진은 여전히 웃지 않지만 간호사와 간간이 대화가 가능한 수준으로 발전해 있었다.

　가까이 다가가서 말을 걸어도 될지 고민하던 건이 머뭇거리며 애꿎은 바닥을 차고 있자, 멀리서 건을 발견한 리사가 조용히 다가와 말했다.

　"김미진 씨와의 일은 들었어요."

　갑자기 말을 걸어오는 상대에게 놀란 건이 뒤를 돌아보며 말했다.

　"아! 리사, 안녕하세요."

　"호호, 안녕하세요, 케이. 이렇게 자주 당신을 볼 수 있어서 요즘 너무 행복하네요. 당신 덕에 아픈 사람들이 호전을 보이는 모습을 보는 것도 행복하고요."

"하하, 뭐 제가 한 일이라고는 음악을 만든 것뿐인걸요, 아픈 사람들에게 직접적인 도움을 주시는 의료진들 덕이죠."

리사가 겸양을 떠는 건을 보며 미소를 짓다가 멀리 앉아 있는 미진에게 시선을 던졌다.

"말 걸어봐요."

건이 고민스러운 표정으로 말했다.

"그래도 될까요?"

"깊은 대화를 하기는 어려울지 몰라도 간단한 의사소통은 가능한 수준이에요."

"정말이요?"

"네, 오늘 아침에는 저한테 먼저 인사도 하시더라고요."

"아…… 그렇군요."

리사가 건의 등을 떠밀며 말했다.

"자, 오래 기다리셨잖아요. 이제 가서 인사라도 건네봐요, 어서요."

리사에게 등을 떠밀린 건이 미진에게로 다가오자, 그녀의 옆에 앉아 있던 간호사가 일어나 미진의 뒤에 섰다.

벤치에 앉아 있던 미진이 고개를 들어 건과 눈이 마주쳤다. 잠시 그녀를 바라보던 건이 어색한 말투로 말했다.

"아…… 안녕하세요, 김미진 씨."

무표정했던 미진이 건의 얼굴을 찬찬히 보았다. 한참을 건의 얼굴을 뚫어지게 보던 미진의 얼굴에 자세히 보지 않으면 알아챌 수 없을 만큼 미세한 미소가 번졌다. 건이 벤치에 앉아 자신을 올려다보고 있는 미진과 눈을 맞추며, 다시 한번 조심스럽게 인사를 건넸다.

"안녕하세요, 김미진 씨."

미진은 답을 하지 않고, 그저 건을 올려다보고 있었다. 무슨 말을 건네야 할지, 도저히 감이 잡히지 않은 건이 가만히 서 있기만 하자 미진의 뒤에 있던 간호사가 자신이 앉아 있던 옆자리를 권했다.

"앉아서 천천히 이야기하세요."

간호사가 건을 데려온 리사의 곁으로 가며 두 사람에게서 조금 떨어졌다.

한 번도 미진과 이야기를 나눠본 적이 없던 건이 어색한 표정으로 다시 말문을 열었다.

"요샌 좀 어떠세요?"

미진은 여전히 아무 말 없이 건을 뚫어져라 보고만 있었다. 그녀의 눈길을 정면으로 받고 있기가 어색했던 건이 고개를 돌리며 다른 곳으로 시선을 돌렸다. 잠시간 두 사람 사이에 어색한 침묵이 흘렀다.

말없이 그저 건을 바라보기만 하고 있던 미진 덕에 벤치에 앉아 지나가는 사람들에게 시선을 던지던 건은 시카고에서 보왔던 그녀의 옛 모습을 떠올렸다. 딸을 잃은 슬픔에 아이가 죽은 자리에서 한없이 울며 가슴을 내려치던 어머니. 그때의 모습을 떠올리는 것만으로 눈시울이 붉어진 건이 딸의 이야기를 물어보려다가, 이제 겨우 울지 않게 된 그녀를 괜히 자극할 필요 없다는 생각에 다시 입을 다물었다.

여름 햇살이 뜨겁게 내리쬐는 병원 앞 벤치에 환자를 오래 두는 것은 그녀의 건강에 좋지 않을 거라 생각한 건이 자리에서 일어나며 말했다.

"너무 덥죠? 우리 들어갈까요?"

손을 내밀어 그녀를 일으켜 주고 싶었지만, 자신의 손길에 거부감을 느낄지도 모른다고 생각한 건이 가만히 미진을 내려다보았다.

건을 보고 있던 미진의 말라 비틀어진 입술이 조금씩 열리며 쉬어빠진 목소리가 흘러나왔다.

"기억…… 나요."

갑자기 말을 걸어오는 미진을 본 간호사가 놀라 달려오려 했지만, 리사가 만류하며 검지를 입술에 올렸다.

"쉿, 그냥 지켜봐. 두 사람 사이에 나름대로 사연이 있으니까."

건이 살짝 놀란 표정을 지었다가, 미진을 자극하지 않기 위해 숨을 가다듬고 차분한 목소리로 말했다.

"무엇이 기억이 나나요?"

미진이 손을 천천히 올려 건을 가리켰다.

"당신. 기억나요."

건이 자신을 가리키는 손가락을 보며 물었다.

"제가 기억나나요?"

나직이 고개를 끄덕인 미진이 다시 입을 열었다.

"시키고, 그곳에서 당신을 본 기억이 나요."

자신을 기억해 준 미진이 고마웠던 건이 살며시 미소를 지었다.

"그랬군요, 저도 당신을 기억해요."

미진은 짧은 대화를 마치고 다시 침묵했다.

잠시 그녀와의 대화가 이어지길 바라며 기다리던 건이 한참 동안 이어진 침묵을 참지 못하고 다시 병동 쪽으로 손을 뻗었다.

"많이 더워요, 미진 씨 건강에 안 좋으니 그만 들어가요."

짧게라도 대화를 했기 때문일까? 용기를 낸 건이 미진에게 손을 내밀었다.

자신에게 내밀어진 건의 손을 뚫어지게 보던 미진이 다시 건을 올려 보았다.

"그때…… 그렇게 말했죠?"

"네?"

미진이 기억을 떠올리려는 듯 초점 잃은 눈동자로 말했다.

"차라리 더 크게 울어요……."

건의 눈이 커졌다.

멀리 떨어져 중얼거리듯 말한 혼잣말을 기억해 낸 미진을 보던 건이 다시 그녀의 옆에 앉으며 물었다.

"멀리 떨어져 있었는데, 어떻게 보셨어요?"

미진이 천천히 고개를 저었다.

"어떻게 봤는지는 기억나지 않아요. 하지만 그때, 당신이 들려준 노래가 날 위로해 줬었던 것은 기억이 나요. 당신 말처럼 차라리 크게 울고 나니까 조금 나아졌었어요."

대화를 시작한 후 가장 길게 말을 한 미진을 본 건이 고개를 끄덕이며 자꾸 대화를 유도했다. 이러한 정상적인 대화가 그녀의 상태 호전에 도움이 된다는 것을 알고 있기 때문이었다.

"그랬군요, 위로가 되었다니 다행이에요. 하지만 나아지지는 않은 것 같네요."

건의 말에 살짝 고개를 숙인 미진이 땅을 바라보았다.

다시 침묵하는 미진의 어깨를 꼭 잡아준 건이 말했다.

"감정을 숨기는 것은 좋지 않아요, 그거 아세요, 미진 씨? 남자는 여자보다 평균적 수명이 짧데요. 그건 울고 싶을 때 울지 못하고 감정을 숨겨야 하는 남자의 사회적 지위 때문이래요,

그래서 참아낸 감정만큼 수명이 줄어드는 것이고요. 하고 싶은 말을 하고, 울고 싶을 때는 울고, 또 죄책감 때문에 웃음을 참지 마세요."

건을 돌아본 미진이 다시 그를 뚫어지게 보았다. 아무 말 없는 그녀의 손을 잡아준 건이 하늘을 보며 말했다.

"이 순간 제일 하고 싶은 말을 하고, 제일 하고 싶은 행동을 하시면 돼요."

미진이 건의 시선을 따라 하늘을 보았다. 구름에 해가 살짝 가려져 눈살을 찌푸리지 않고도 파란 하늘을 바라볼 수 있었다. 건이 미진에게로 고개를 돌리며 웃었다.

"이 순간 제일 하고 싶은 말은 뭐예요?"

미진이 마치 하늘에 있는 누군가를 보듯 애처로운 눈을 했다. 입술에 경련이 일어났는지 볼을 움찔거리던 그녀가 쉬어버린 목소리로 작게 말했다.

"하은아…… 학교 가야지? 어서 일어나."

웃고 있던 건의 표정이 일그러졌다.

그녀가 바라는 것은 딸과의 아무 일 없던 일상에서 하던 그저 그런 대화였고, 그것이 지금 이 순간 가장 하고 싶은 말이었던 것이다. 어떤 말로도 그녀를 위로할 수는 없겠다 싶었던 건이 차라리 감정의 폭발을 시키는 것이 더 시원할 것이라는 생각에 한참 만에 다시 입을 열었다.

"가장…… 하고 싶은 일은요?"

당연히 딸과 함께하는 시간 중 추억 속에 있던 일을 이야기할 것이라고 생각한 미진의 입에서 건의 예상과는 다른 말이 흘러나왔다.

"자고 싶어요. 매일 듣는 그 음악을 들으면서."

멍하게 미진을 보고 있던 건의 입에 천천히 미소가 걸렸다. 리사 쪽으로 고개를 돌린 건이 고개를 끄덕이자, 미진의 담당 간호사가 재빨리 다가와 미진을 부축했다.

건이 함께 일어나자 리사가 따라붙으며 작게 속삭였다.

"곧 음악 치료가 시작될 시간이에요, 보고 가시겠어요?"

앞서 부축을 받으며 걷고 있는 미진을 보던 건이 말없이 고개를 끄덕였다.

리사와 함께 도착한 403호 병실에 들어선 건이 밝은 표정으로 문을 열었다가 다시 놀란 표정을 지었다.

네 명의 환자들은 산만하고 집중을 못 하는 환자들이었으나, 현재는 모두 침대에 이불을 덮고 들어가 얌전히 뭔가를 기다리고 있는 것 같았다.

건의 표정을 본 리사가 속삭였다.

"음악 치료 시간이라는 것을 아는 거예요. 특히 코트니 환자가 가장 높은 효율을 보이고 있어요. 공격 성향이 완전히 사라졌고, 정상적 대화는 불가능하지만, 우리가 하는 말을 알아들고 따라주고 있어요. 몇 개월 전 그녀의 모습을 생각하면 기적에 가까운 변화죠."

잠시 후, 방 안에서 조그만 블루투스 스피커로 재생되던 물의 노래가 아닌, 병동 전체의 스피커를 통한 물의 노래가 흘러나오기 시작했다. 기분 좋은 표정으로 눈을 감는 환자들을 보던 리사가 건에게 작게 말했다.

"이 시간에는 대부분 잠이 들어요."

눈을 감고 베개에 얼굴을 비비고 있는 환자들을 본 건이 병실을 나섰다. 그들의 휴식에 방해를 주고 싶지 않았기 때문이다.

아무 말 없이 정신 병동을 둘러보고 있던 건의 눈에 다른 병실의 모습들이 들어왔다. 언제나 소란스러웠던 정신 병동은 음악 소리 외에는 아무 소리도 들리지 않았다.

조금 낮은 볼륨으로 재생되고 있는 음악을 들은 환자 중 대부분이 잠을 자려는 듯 누웠고, 그렇지 않은 일부 환자들 역시 침대에 걸터앉아 창밖을 보며 음악을 듣고 있었다.

자신의 음악을 들어주는 사람들을 고마운 눈으로 보던 건에게 래리가 다가와 웃으며 악수를 청했다.

"케이, 오셨군요."

"안녕하세요, 선생님."

"하하, 케이가 허락해 준 덕에 이렇게 정신 병동 전체 환자를 대상으로 연구를 진행 중입니다."

"뭔가 진전이 있었나요?"

"음…… 잠시 걸을까요?"

건을 인도해 병동의 복도를 걸으며 환자들의 상태를 체크하던 래리가 입을 열었다.

"정신분열증과 우울증, 불면증에는 확실한 효과를 보고 있습니다. 재미있는 것은 뇌염을 앓고 있는 환자들의 병 진행 속도가 늦추어지고 있다는 것과 극심한 고통을 받아야 할 환자들의 고통이 완화되고 있다는 점입니다. 그로 인해 머피 원장님은 학계에 보고를 준비하고 계시지요."

건이 반색하며 말했다.

"병의 진행 속도가 늦춰진다고요?"

래리가 웃으며 차트 하나를 집어 들었다.

"네, 아쉽게도 병이 치료되는 것은 아닙니다. 단지 속도가 늦추어지는 것이죠."

건이 안타까운 표정을 짓자, 래리가 다시 말했다.

"그것만으로 대단한 발견입니다. 또 당신의 도움은 간절히 내일을 바라는 환자들에게 희망이 되고 있기도 하죠."

건이 힘없이 웃으며 말했다.

"그저 희망일 뿐인 것은 나중에 더 큰 실망이 될 수도 있잖아요."

"하하, 그들은 자신의 병이 무엇인지 인지하고 있고, 그것이 현대 의학으로 치료 불가한 병인 것도 잘 알고 있습니다. 하지만 단 하루라도 더 살아가며, 정리하지 못한 생을 마감하길 원하죠. 당신은 그들에게 가장 소중한 시간이라는 선물을 준 것입니다."

래리의 말에도 기분이 나아지지 않는 건이 고개를 숙이자, 래리가 그의 어깨를 두드렸다.

"실망하지 마세요. 우리 의사들은 이러한 광경을 수도 없이 봅니다. 하지만 오늘의 실망과 좌절을 딛고 미래에 단 한 명의 환자라도 더 살리기 위해 연구에 매진합니다. 당신은 우리가 하지 못 하는 일을 해주고 있고, 그것이 돌려주는 연구 결과들은 미래에 얼마나 많은 생명에게 도움을 줄 싸이 될지 가늠되지 않습니다. 큰일을 하고 계신 것이에요."

래리의 말이 조금 위로가 되었는지 기운을 차린 건이 여전히 음악이 흘러나오는 병동을 둘러 보았다. 병동의 복도 끝, 외부 계단으로 나가는 문밖에 한 남자가 서서 안쪽을 바라보고 있는 것을 본 건이 눈을 가늘게 뜨고 그를 보다가 반색했다.

빠르게 걸어간 건이 문을 열며 반갑게 외쳤다.

"시온! 여긴 웬일이세요?"

외부 계단이 이어지는 바깥에 선 시온이 미술 도구가 든 가방을 메고 웃었다.

"하하, 여기서 또 보네요."

"그러게요! 시온 덕에 정말 큰 도움이 되었어요, 시간 괜찮으시면 식사라도 대접하고 싶은데 어떠세요?"

시온이 손목시계를 힐끔 본 후 고개를 끄덕였다.

"지금이라면 좋아요. 마침 배가 고프기도 하군요, 하하."

그에게 얻은 힌트의 값어치는 돈으로 환산할 수 없었기에 고마움과 호의가 가득 담긴 표정으로 그를 대하던 건이 시온의 어깨를 잡으며 말했다.

"비싸고 맛있는 것으로 대접할게요, 가요! 하하."

시온과 건이 웃으며 병원 밖으로 나가고 있을 때, 병원 옥상에서 두 사람을 내려다보고 있던 금발의 미소년 파이몬이 손가락을 꺾으며 이를 갈았다.

"구시온…… 으드득. 아이의 손끝 하나만 다치게 해도 그 날로 네놈의 더러운 생은 끝이다!"

뉴욕 다운타운 종합병원에서 그리 멀지 않은 이태리 레스토랑의 VIP룸. 건의 얼굴을 본 식당 직원이 바로 VIP룸을 내주었고, 사장과 종업원들이 우르르 달려와 세팅을 해주고 사진과 사인을 받아 갔다.

한참 건의 팬 서비스를 보고 있던 시온이 장내가 정리되고 모두가 룸 밖으로 나가고 나서야 웃으며 말했다.

"하하, 대단한 인기네요. 미안했습니다, 지난번에 보았을 때는 이렇게 유명한 분인지 몰랐어요."

건이 의자를 끌어 앞으로 당겨 앉으며 웃었다.

"하하, 모르실 수도 있죠, 뭐. 그나저나 병원에는 어쩐 일로 오셨어요? 어디 아프신 곳이 있나요?"

"아, 아닙니다. 이번에는 병이란 놈을 그려보려 기웃거리던 거예요."

건이 눈을 크게 뜨고 물었다.

"병을 그리다니요? 무슨 뜻인가요 그게? 아파하는 환자들의 고통을 표현한 그림을 그리시겠다는 뜻인가요?"

"하하, 아닙니다. 말 그대로 병 그 자체를 그리고 싶었어요. 음악을 그림으로 표현한 작품들이 있다는 것을 아시지요?"

"네, 알고 있어요. 그런데 병도 그림으로 표현이 가능한가요? 음…… 바이러스처럼 생긴 그림밖에는 떠오르지 않네요."

"후후, 저 역시 그랬습니다. 그래서 연구할 겸 관찰하던 도중에 당신을 만났던 것이고요."

"그렇군요, 그러고 보니 우린 참 우연한 곳에서 마주치는 것 같아요. 전생에 인연이라도 있었던 걸 까요? 하하"

"후후, 그럴지도 모르죠."

건이 웃으며 자리에서 일어났다.

"죄송해요. 화장실에 좀 다녀올게요."

"그러세요."

VIP룸을 나서는 건을 보던 시온이 따뜻한 미소를 입에 걸고 있다가 문이 닫히자마자 차가운 표정으로 돌변했다.

건이 앉았던 자리를 노려보던 시온이 이를 갈며 중얼거렸다.

"가마긴 놈이 어떤 수작을 부렸는지 모르겠지만, 이놈은 한계를 넘었어. 도대체 왜 천사 놈들이 움직이지 않는 거지? 악마들은 가마긴이 움직였다 치자, 그런데 천사들은 왜? 도무지 모르겠군."

힐끔 건이 나선 문을 본 시온이 다시 입을 열었다.

"이렇게 된 이상, 한계를 한 번 더 뛰어넘게 하겠어. 인간의 목숨까지 쥐고 흔들 수 있는 능력을 가진다면 그때도 가만있는지 두고 보자고."

천장을 보며 그 위에 있는 누군가에게 이를 갈던 시온이 문열리는 소리에 급히 표정을 바꾸고 웃으며 문 쪽으로 고개를 돌렸다.

"하하, 일찍 오셨군요……. 헉?"

문 앞에 금발의 미소년이 몸에 꼭 맞는 쥐색 슈트를 입고 서있는 것을 본 시온이 의자를 넘어뜨리며 자리에서 일어나 물러났다.

"파, 파이몬?"

뒷짐을 지고 VIP룸으로 들어온 파이몬이 문을 닫고, 시온을 노려봤다.

"오랜만이네?"

당황한 시온이 파이몬의 눈치를 보았다.

'젠장, 어떻게 알고…… 서, 설마 항상 아이를 주시하고 있는 것인가?'

아무렇지도 않게 건이 앉았던 자리의 옆에 앉은 파이몬이 다리를 꼬고 여유로운 표정을 짓는 것을 본 시온이 식은땀을 흘렸다.

'파, 파이몬은 건드리면 안 돼! 저 자식은 독종 중의 독종이라고!'

눈알을 뒤룩뒤룩 굴리며 변명거리를 찾던 시온을 본 파이몬이 피식 웃으며 주먹을 테이블 위에 올렸다.

"무슨 생각하냐?"

"아…… 아니 이런 곳에서 갑자기 널 만날 거라고는 생각 못해서 좀 놀란 것뿐이야."

파이몬의 얼굴에서 웃음기가 사라졌다.

"그래, 칠천삼백 년 만에 보니 반갑군."

시온이 식은땀을 흘리며 과거를 떠올렸다. 파이몬의 종속인지 모르고 건드린 미녀 때문에 흥분한 파이몬은 자신의 성 절반 이상을 파괴하였다. 그리고 죽기 직전까지 두들겨 맞다가 루시퍼의 중재로 살아남았지만, 성에서 치료를 받던 중 몰래 찾아온 파이몬에게 기절할 때까지 다시 한번 두들겨 맞았다.

파괴와 분쇄를 관장하는 파이몬은 무력만으로 놓고 볼 때 가마긴과 비슷한 수준의 고위 악마였다.

"그…… 그렇지."

파이몬이 주먹을 쥐었다 펴며 시온을 노려보다 눈짓하며 의자를 가리켰다.

"앉지그래?"

"어…… 그, 그래."

시온이 머뭇거리며 쓰러진 의자를 세워 자리에 앉자 파이몬이 낮은 목소리로 으르렁거렸다.

"여긴 무슨 일이지?"

눈알을 굴리던 시온이 더듬거리며 말했다.

"아…… 그, 그저 인간 세상을 둘러보러 내려왔다가 마음에 드는 아이를 만나서 말이야……."

"호오, 그래? 너도 아이가 마음에 들었구나? 이거 반가운 말인데?"

"그, 그게……."

자신을 노려보는 파이몬의 시선을 피하던 시온의 귀로 문열리는 소리가 들렸다. 문 앞에 선 건이 VIP룸에 새로운 손님이 있는 것을 보고 눈을 동그랗게 떴다.

"어? 시온. 이분은 누구세요?"

건과 파이몬을 번갈아 보며 뭐라 말하려 하던 시온이 갑자기 자리에서 일어나는 파이몬 덕에 자라목이 되어 몸을 움츠렸다.

아무렇지도 않게 시온의 옆자리로 다가온 파이몬이 그의 어깨에 다정하게 손을 얹으며 건에게 웃음을 보였다.

"안녕하세요? 저는 시온의 친구입니다. 우연히 지나가다 이 친구가 있는 것을 보고 들어왔죠."

건이 가만히 파이몬을 보았다. 자신의 또래로 보이는 파이몬이 왠지 낯설지 않았던 건이 고개를 갸웃했다.

"혹시 우리 어디서 본 적이 있었나요?"

파이몬이 이를 드러내고 웃으며 어깨를 으쓱했다.

"글쎄요, 기억이 안 나는군요."

가만히 파이몬을 관찰하던 건이 자리에 앉자 천연덕스럽게 시온의 옆에 앉은 파이몬이 말했다.

"이것도 인연인데 저도 함께 식사하면 안 될까요? 아, 물론 제 식사 비용은 제가 내죠."

왠지 모르게 정이 가는 파이몬을 본 건이 웃으며 말했다.

"그럼요, 괜찮아요. 그런데 우리 정말 구면 아닌가요? 왜 이렇게 익숙하죠?"

"하하, 살면서 만나는 사람 중 그런 느낌이 드는 사람이 있게 마련이죠. 그런 사람과는 쉽게 친구가 되기도 하고 말입니다."

"하하, 그런 것일까요? 나이가 비슷해 보이는데 우리 친구 할까요?"

시온이 눈치를 보며 속으로 외쳤다.

'미친! 나이 차가 삼만 살은 될 거다, 이 자식아!'

시온의 외침은 그저 속앓이일 뿐이었는지 웃으며 악수를 청한 파이몬이 말했다.

"그래, 그럼 우리 친구 하지! 유명한 뮤지션과 친구가 된 기념으로 오늘 식사는 내가 내겠어, 물론 돈 많은 친구란 건 알지만, 친구의 호의니 거절하지 말라고, 하하."

파이몬의 손을 잡은 건이 환하게 웃으며 말했다.

"그래, 하하. 그런데 넌 이름이 뭐야?"

파이몬이 웃으며 말했다.

"페이, 페이라고 해."

"그래, 페이. 미국인이 아닌가 봐, 왠지 유럽계 같은 느낌인데."

"응, 영국에서 왔어."

"와, 그렇구나. 나도 영국에 자주 가는데, 친구도 있고 말이야."

"그래? 하하, 그것도 우연이군."

"요새 우연히 겹치는 일이 많네. 여기 시온과도 그런데 말이야. 하하."

건이 시온을 지목하자 파이몬이 그의 어깨에 손을 올리며 친한 척을 했다.

"크크, 그러게. 시온 너도 친구가 된 것이 기쁘지?"

목을 움츠린 시온이 파이몬을 째려보자 건이 보이지 않게 그의 목덜미를 잡은 손에 힘을 주는 파이몬이었다.

목을 타고 올라오는 작은 통증에 금세 표정을 바꾼 시온이 웃으며 말했다.

"그, 그럼! 조, 좋지! 친구 좋잖아!"

건이 천진난만한 웃음을 지으며 말했다.

"이렇게 된 바에 시온도 친구 하자. 두 사람이 친구니까 나까지 셋이 친구가 되면 좋잖아."

시온이 당황하는 표정을 지었다.

"치, 친구? 나, 나랑?"

몇만 년을 살아온 고위 악마에게 처음으로 인간 친구가 생기는 순간이었다.

황당한 눈으로 자신을 보는 시온은 아랑곳하지 않은 건이 아름답게 웃으며 힘차게 고개를 끄덕였다.

"응! 셋이 친구 하자!"

"어…… 그, 그게……."

시온이 파이몬의 눈치를 보았다. 건이 보이지 않게 턱에 괸 손으로 자신의 눈을 가린 파이몬이 무서운 눈으로 째려보는 것을 본 시온이 급히 말했다.

"그, 그래! 친구! 친구 하자고!"

건이 밝은 얼굴로 박수를 쳤다.

"좋아! 하하, 시온 네게는 제대로 신세를 졌으니 친구로서 조금씩 갚아갈게. 페이는 오늘 처음 봤지만, 왠지 모르게 정이 가네. 기분 좋다! 우리 술도 마실까?"

파이몬이 박수를 치며 동조했다.

"그래! 좋아, 새 친구를 사귈 때 술이 빠지면 안 되지! 뭘 좀 아는 친구네, 하하. 시온! 너도 좋지?"

시온이 인상을 찌푸리려다 파이몬과 눈을 맞추자마자 벌떡 일어나며 양손을 들었다.

"그, 그럼!! 마시자! 마시고 죽자!"

곧 음식을 가져온 종업원에게 술을 주문한 세 사람이 금방 나온 술잔을 들며 즐겁게 시간을 보내기 시작했다.

주위에 많은 사람이 있지만 사실상 친구라고 부를 수 있는 것은 시즈카와 케빈뿐이었던 건은 새 친구를 한꺼번에 두 명이나 사귄 것이 무척 즐거웠는지 평소보다 빠른 속도로 술을 마시기 시작했다.

결국, 초저녁 무렵에 테이블에 고개를 박아버린 건이 잠꼬대 비슷한 옹알이를 했다.

"음냐…… 페이 왠지 네가 편해."

고개를 박고 술주정을 하고 있는 건을 사랑스러운 눈빛으로 보던 파이몬이 건이 쓰러짐과 동시에 차렷 자세로 바뀐 구시온을 노려보았다.

아무 말 없이 자신을 노려보는 파이몬 덕에 어찌할 바를 모르던 구시온이 침을 꿀꺽 삼켰다.

한참 구시온을 노려만 보던 파이몬이 그의 어깨를 부드럽게 만졌다.

"친구?"

구시온이 마른 침을 삼키며 곁눈질로 파이몬을 보았다.

"그…… 그게."

"친구끼리 사이좋게 지내야지?"

"아, 으응……."

파이몬이 쓰러져 잠든 건에게 고갯짓했다.

"저기 자고 있는 아이도 네 친구잖아, 이제?"

"아…… 그, 그게…… 그, 그렇지."

"그럼 친구를 괴롭히는 짓은 안 하겠네?"

"크…… 크흠……."

파이몬이 부드럽게 만지던 그의 어깨를 꽉 잡았다.

갑자기 어깨를 통해 전해지는 고통에 짧은 신음을 내뱉은 구시온이 황급히 말했다.

"그, 그럼. 안 해야지!"

시온의 답이 만족스러웠는지 빙긋 웃은 파이몬이 자리에서 일어나 쓰러진 건을 부축해 일어났다.

"오늘은 네 덕에 생각지도 않게 아이의 곁에 있을 수 있는 자리가 마련되었으니 그냥 넘어가지. 하지만 구시온. 네 입으로 아이의 친구라고 말했던 것 잊지 마."

구시온이 속으로 오만 욕설을 다 퍼부었다.

'그건 네가 강제로 시켜서 한 말이잖아! 악마의 이름을 걸고 한 약속도 아닌데 내가 왜! 개×× 씹×××!'

건을 부축하며 VIP실을 나서는 파이몬이 문 앞에서 뒤를 돌아보았다. 무서운 표정으로 욕을 한 바가지 하던 구시온이 황급히 어색한 웃음으로 표정을 바꾸자 파이몬이 말했다.

"너, 솔직히 말해봐."

구시온이 갑작스러운 질문에 몸을 움찔하며 말했다.

"뭐, 뭘?"

파이몬이 자신에게 기대 몸을 가누지 못하고 있는 건을 눈짓하며 말했다.

"너한테 친구 하자고 한 거. 얘가 처음이지?"

"어? 그…… 그게."

파이몬이 피식 웃으며 VIP룸을 나섰다.

"축하한다. 처음 친구 사귄 것."

건을 부축한 파이몬이 사라지는 것을 뚫어지게 보고 있던 구시온은 한참 그 자리에서 움직이지 못했다.

속으로 욕을 하던 조금 전과는 달리 진중한 표정으로 열려 있는 문을 보던 구시온이 천천히 자리에서 일어났다.

"친구…… 라고?"

◈ 6장 ◈

친구라고?

이른 아침.

숙취로 인해 좋지 않은 속과 두통으로 부스스하게 침대에서 일어난 건이 좀비처럼 일어나 부엌 냉장고 문을 열었다.

시원한 공기가 밀려들자 잠시 냉장고가 전해주는 차가움을 느끼던 건이 물을 꺼내 컵에 부었다.

한 컵을 벌컥벌컥 마신 건이 다시 물을 가득 따른 잔을 들고 거실의 소파로 오다가 그곳에 앉아 있는 사람을 보고 움직임을 멈췄다.

"페…… 페이?"

소파에 앉아 책을 보고 있던 파이몬이 싱긋 웃으며 한 손을 들었다.

"여어, 친구. 잘 잤어?"

건이 물 잔을 든 채 어리둥절한 얼굴로 말했다.

"어…… 어떻게 여기를……."

파이몬이 입을 열려던 찰나 담배를 피우고 왔는지 별채 문을 열고 들어오던 병준이 말했다.

"야, 넌 무슨 술을 그렇게 마시냐? 술을 누구한테 배웠길래 인사불성이 될 때까지 마셔?"

건이 머릿속에 떠오르는 선글라스를 쓴 장신 흑인을 떠올리며 어색하게 웃자 병준이 파이몬의 옆에 앉으며 말했다.

"이 친구 아니면 큰일 날 뻔했지. 페이가 널 부축해서 데리고 들어오는데 얼마나 놀랐다고."

"페이라고 부르네요? 둘이 아는 사이예요?"

병준이 파이몬을 보며 웃었다.

"어제 알게 된 사이지. 네 녀석이 엎어져 자는 동안 이야기를 많이 나눴거든."

건이 물 잔을 테이블에 두고 파이몬의 옆에 앉았다.

"그런데 나 여기 사는 거 어떻게 알았어?"

파이몬이 아무렇지도 않게 준비한 멘트를 날렸다.

"하하, 어제 택시에서 네가 말했잖아. 네가 말해준 것이 아니면 어떻게 올 수 있었겠어?"

"아…… 그래?"

"응, 택시를 타고 도착했는데 무서워 보이는 덩치들이 가로막더라. 그런데 네 얼굴을 보더니 아무 말 없이 문을 열어주고, 여기로 안내까지 해주던걸?"

"아…… 그랬구나."

병준이 파이몬의 어깨를 두드리며 말했다.

"하여튼 너 아니었으면 유명한 케이가 길바닥에서 토하다 사진 찍히는 사건이 날 뻔했어. 고맙다."

"하하, 설마 그랬겠어요."

이상하게 친근해 보이는 두 사람을 보던 건이 문득 말했다.

"그러고 보니 여기서 살게 된 후에 손님은 처음 오는 거네요. 그렇죠, 형?"

병준이 입술을 내밀고 생각하다 이내 고개를 끄덕였다.

"그러네, 시즈카와 케빈도 네가 어디 사는지 모르고 있는데 말이야."

건이 조심스럽게 파이몬에게 물었다.

"저기…… 아무렇지 않아?"

파이몬이 천연덕스러운 표정으로 반문했다.

"뭐가?"

"여기 말이야. 무섭지 않아?"

파이몬이 소파에 편안히 등을 기대며 별채를 둘러 보았다.

"엔티크한 가구들도 많이 있지만, 전체적으로 세련되고 편안한 분위기네."

건이 별채 밖을 가리켰다.

"아니, 그거 말고, 들어오다 봤을 거 아냐."

"흐흐, 뭐가? 기관총 든 러시아 마피아들 말이야?"

"으응…… 안 무서워?"

"크크, 남자가 뭘 그런 걸로 무서워해, 괜찮으니 걱정 마."

너무나 쉽게 아무것도 아닌 일로 치부하는 파이몬을 본 건이 눈살을 찌푸리며 병준을 보았다.

"레드 케슬에 있는 거 애들이 알면 놀란다고 절대 말하지 말라면서요, 얘는 하나도 안 놀라는데요?"

병준이 파이몬이 어지간히 마음에 들었는지 연신 그의 어깨를 치며 말했다.

"얘는 남자고! 시즈카 같은 애들은 놀라 자빠진다니까?"

여전히 인상을 쓴 건이 물었다.

"케빈은 남자 아니에요?"

"그놈은 양아치고! 원래 양아치는 진짜 조직을 만나면 꼬랑지도 못 펴는 거야."

"크크, 양아치요?"

"그래, 양아치! 킬킬. 뭐 어쨌든 어젯밤에 너무 늦은 시간이기도 하고 널 데리고 와준 게 고맙기도 해서 자고 가라고 한 거야."

"아, 그랬구나."

건이 아직 머리가 아픈지 머리카락을 쥐어뜯다가 문득 생각났는지 파이몬을 보며 물었다.

"시온은? 나 기억이 하나도 안 나."

파이몬이 킬킬거리며 말했다.

"크크, 술도 어지간히 먹었나 보군, 시온이 택시 잡아준 거 아냐."

건이 미안한 표정을 지으며 말했다.

"그랬구나…… 혹시 시온 연락처 알아?"

"어, 왜?"

"아니…… 이제 친구니까, 만나서 해장이나 같이하자고 하려고."

"해장이 뭐야?"

병준이 끼어들며 말했다.

"해장이라고, 술 마시고 난 다음 날 속 풀려고 수프 같은 거 먹는 걸 말하는 거야."

그제야 알아들은 파이몬이 고개를 끄덕이며 웃었다.

"아항, 일종의 행오버 수프(hangover soup) 같은 거구나?"

"응, 시온한테 같이 먹자고 하자. 맨하탄 한식당 중에 할머니 뼈다귀 감자탕이라고 있거든. 그거 먹으면 바로 풀려."

파이몬이 화들짝 놀라며 귀를 팠다.

"뭐, 뭐라고? 할머니 뼈다귀로 만든 수프라고?"

영어로 말하고 나니 자기가 생각해도 이상하게 들린 건이 웃음을 터뜨렸다.

"하하, 생각해 보니 이상하네. 그게 아니라 할머니가 만들어 주신 소뼈로 만든 수프라는 뜻이야."

"아, 그렇군. 깜짝이야, 하여튼 시온한테는 내가 연락할게. 씻고 와."

"응, 고마워."

건이 샤워실로 가는 것을 본 파이몬이 일어나며 병준에게 말했다.

"잠깐 전화 좀 하고 올게요, 형도 같이 가실 거예요?"

병준이 손사래를 치며 말했다.

"아니, 난 시즈카 스케줄 때문에 나가봐야 해. 시즈카는 누 군가와 달리 열심히 일하는 착한 아이거든."

"크크, 그 누군가가 누구인지 금방 알겠네요. 알았어요, 형."

"야, 페이. 너 그냥 우리랑 같이 살자, 서양인이면서 자연스 럽게 형 소리 하는 것도 그렇고, 너 진짜 마음에 드네."

"하하, 자주 올게요. 그럼 됐죠?"

"그래, 꼭 자주 와라! 킬킬"

"히히, 전화 좀 걸고 올게요."

별채 문을 나선 파이몬이 경비견을 끌고 다니며 기관총을 멘 조직원들을 보았다. 어젯밤 파이몬이 집에 왔다는 것을 미리 알고 있던 조직원들은 파이몬을 보고도 그저 눈인사만 살짝 취한 후 각자의 경비 구역을 순찰했다.

별채에서 조금 떨어져 하얀 그네 근처로 간 파이몬이 주머니에서 전화기를 꺼내 귀에 대는 척을 하며 눈을 까뒤집었다.

"구시온!"

정신력으로 구시온을 부른 파이몬이 그의 답을 기다리다 짜증 내는 표정을 지었다.

"대답 안 하면 찾아간다?"

파이몬의 협박에 구시온의 텔레파시가 들려왔다.

"크흠…… 왜?"

"친구가 너 찾는다."

"친…… 구?"

"그래, 케이 말이야. 같이 해장국 먹자는데?"

"해장…… 말인가?"

"오, 넌 해장이 뭔지 알아?"

"으음…… 동양에 사는 인간들이 술 마신 다음에 하는 이상한 행동이란 건 알고 있지."

"그래, 같이 먹자고 연락해 보란다. 와라."

"크흠……. 바, 바쁜데……."

"응, 내가 네 성으로 가서 같이 먹을까?"

"아, 아니! 지, 지금 간다!"

10초도 안 지나 보라색 연기와 함께 모습을 드러낸 구시온이 시온의 모습으로 나타났다. 언제나처럼 그림 도구가 든 밀리터리 백을 멘 구시온이 식은땀을 흘리며 나타나자 파이몬이 그의 어깨동무를 하며 별채로 이끌었다.

"자자, 웃어. 스마일~"

파이몬이 보이지 않게 인상을 찌푸리던 구시온이 별채 안으로 들어서자 병준이 고개를 갸웃하며 물었다.

"엉? 시온이라는 친구야? 뭐 이렇게 빨리 와, 집이 근처인가?"

마침 건이 세수를 하고 나왔는지 수건을 목에 걸고 나오다가 시온을 보고 반갑게 소리쳤다.

"시온! 빨리 왔네, 이 근처에 있었던 거야?"

파이몬의 눈짓을 받은 시온이 어색하게 웃으며 눈을 굴렸다.

"어…… 마, 마침 이 근처를 지나고 있었거든."

친구의 말을 의심 없이 믿어버린 건이 웃으며 손을 휘저었다.

"잠깐만 기다려! 금방 준비하고 올게!"

옷을 입고 모자를 눌러 쓴 건이 나오자 병준이 미리 대기시켜 둔 차량이 세 친구를 기다리고 있었다.

레드 케슬 정문을 지나며 앞에 나와 있던 미로슬라브가 외출을 하는 건을 보며 창문 밖에서 안을 들여다보았다.

"외출하시나 봅니다."

"네, 미로슬라브. 점심도 먹고 학교도 다녀오려고요."

미로슬라브가 차 내부에 앉아 있는 파이몬과 구시온을 힐끔 본 후 고개를 끄덕였다.

"오늘도 즐겁게 보내세요."

"네, 수고하세요."

떠나는 그들의 차를 보던 미로슬라브가 굳은 얼굴로 부하들에게 소리쳤다.

"페이 말고, 옆에 있는 사람 누구야?"

조직원 중 아무도 시온이 레드 케슬에 들어왔다는 것을 모르고 있다는 것을 확인한 미로슬라브가 무서운 표정으로 소리쳤다.

"오늘 새벽부터 현 시간까지 정문 근무자 다 튀어나와! 이것들이 어디 외부에서 사람이 들어왔는데 보고도 안 해? 오늘 네놈들 다 죽었어."

갑자기 레드 케슬 안에 모습을 드러낸 구시온 덕에 애꿎은 조직원들이 신나게 얼차려를 받는 시각, 맨하튼에 있는 해장국 집에 도착한 건이 익숙한 한국식당에 들어서며 손가락 세 개를 들고 한국어로 외쳤다.

"여기 뼈다귀해장국 세 그릇이요!"

감자탕 집이었지만 점심에는 뼈다귀해장국을 주로 판매하는 식당이라 멀리 떨어진 테이블을 닦고 있던 할머니가 말없이 고개를 끄덕이고는 주방으로 들어갔다.

서양 친구들에게 한국의 해장국 먹는 법을 알려주고 싶었던 건이 친절하게 시온 앞에 놓인 해장국을 끌어다 놓고 그릇에 뼈다귀를 덜었다.

"이렇게 뼈다귀를 덜어낸 다음, 젓가락으로 살을 발라내고…… 국에 밥을 말아서 대충 휘저은 후에, 발라낸 고기를 부어 버리는 거야, 그리고 김치 하나 쭉 찢어서 올려 먹으면 천상의 맛이지, 천국이 따로 없다니까?"

구시온이 인상을 구기며 건을 째려보았다.

"천상의 맛? 천국?"

"그래! 술 마신 다음 날 이거 후루룩! 한 그릇 하고 나면 천국에 온 기분일 거야."

속으로 천국에 가고 싶지 않다고 외친 구시온이었지만, 옆 자리에 앉은 파이몬이 맛있게 먹으며 감탄사를 흘리는 소리를 듣고 조용히 입을 닫았다.

"워우! 맛있는데? 약간 맵긴 한데 그게 좋은 것 같아! 진짜 속 풀리는 게 느껴진다!"

구시온이 속으로 구시렁거렸다.

'원래 속 아프지도 않았잖아, 이 자식아!'

숟가락에 국밥을 뜬 채 파이몬을 째려보던 구시온이 들고 있던 숟가락에 무게가 더해짐을 느끼고 고개를 돌리자, 웃음을 지은 건이 김치를 찢어 자신의 숟가락 위에 올리고 있는 것이 보였다.

천진난만한 웃음을 지은 건이 손가락에 묻은 김치 양념을 물수건에 닦으며 말했다.

"시온도 먹어봐, 이건 이렇게 먹어야 맛있어."

가만히 국밥과 김치가 올려진 숟가락을 보던 구시온이 조심스럽게 국밥을 입에 넣고 씹다가 표정이 환해지자, 지켜보고 있던 건이 엄지손가락을 치켜세우며 말랬다.

"죽이지?"

"어…… 주, 죽이네."

"크크, 어서 먹어. 너희들도 이제 술 마신 다음 날엔 꼭 여기를 찾게 될 테니까 말이야."

말도 없이 해장국 그릇까지 먹어치울 기세로 전투적인 식성을 보이고 있는 파이몬의 눈치를 본 구시온이 해장국을 흡입하기 시작했다.

땀까지 흘리며 한 그릇을 다 비운 구시온이 트림을 하며 만족스러운 눈으로 친구들을 보자, 이미 식사를 마친 두 사람이 싱글거리며 자신을 보고 있었다.

"어? 뭐?"

건이 싹싹 비운 그릇을 눈짓하며 웃었다.

"맛있지?"

"어…… 맛있네."

"히히, 나가자!"

일어나 계산을 하는 건을 본 구시온이 물었다.

"어딜 또 가?"

직원에게 돈을 내던 건이 돌아보며 씨익 웃었다.

"학교 가자, 내가 지금 만들고 있는 음악들도 들려줄게!"

세 사람이 학교에 도착해 차에서 내리자 구름 떼 같이 몰려
든 학생들이 소리를 지르며 건의 얼굴을 한 번이라도 더 보려
고 몰려들었다가 파이몬의 얼굴을 보고 비명을 질렀다.

"꺄악! 완전 미소년이야, 케이 친구인가 봐!"

"어머나, 잘생긴 사람들은 끼리끼리 노는 건가? 키가 작은
게 흠이긴 한데, 너무 예쁘게 생겼다!"

"옆에 밀리터리 백 든 남자도 이태리계 미남같이 멋지게 생
겼는데?"

"에이, 괜찮긴 한데 뭔가 음침해서 별로야, 쟤는."

인간 주제에 생긴 것으로 자신을 평가하는 소리를 들은 구
시온이 여자들을 째려보며 이를 갈자, 파이몬이 여자들이 구
시온의 표정을 못 보도록 몸으로 가리며 속삭였다.

"인상 펴라, 응?"

구시온이 불만스러운 표정으로 구시렁거렸다.

"지는 잘생겼다는 소리 들으니 기분 좋겠지, 쳇."

"킥킥, 너도 모습 바꿀 수 있잖아? 지금 시온의 모습이라 그 렇지 원래 구시온의 모습은 미남이니까."

"그럼 뭐해. 여기서는 시온의 모습으로 있어야 하는데."

어이없는 표정으로 뒤를 돌아본 파이몬이 물었다.

"뭐야, 너 지금 저 암컷들한테 인정이라도 받고 싶은 거냐?"

"무, 무슨! 기, 왕이면 잘생긴 게 낫다는 거지!"

"푸하하, 웃기는 놈이네, 이거. 푸하하. 시온 너 생각보다 재 미있는 녀석이었구나?"

구시온의 등을 두들기며 웃어대는 파이몬을 본 건이 다가 와 물었다.

"뭔데 둘만 웃어? 나도 껴줘."

파이몬이 아무것도 아니라는 듯 건의 등을 밀었다.

"아냐, 아무것도! 으하하 여기가 줄리어드구나? 처음 와봐. 학교 엄청 멋있다!"

건이 자랑스러운 표정으로 학교 여기저기를 구경시켜 주었 다. 세 사람의 이동 경로에 따라 우르르 몰려든 학생들이 줄을 지어 따라왔지만, 연습실 안까지는 따라 들어갈 수 없는지라, 세 친구가 연습실로 들어가자 흩어지는 학생들이었다.

연습실에 들어와 물의 노래를 재생한 건이 음악을 감상하고 있는 두 친구를 바라보았다.

눈을 감고 기분 좋은 표정을 짓는 파이몬과 눈동자를 굴리며 연습실 내부를 뜯어보는 시온을 보던 건이 음악이 끝나자 긴장된 표정으로 물었다.

"어때?"

파이몬이 미소를 지은 채 눈을 뜨지 않고 엄지를 치켜세웠다.

"최고야!"

파이몬의 반응에 밝게 웃은 건이 시온을 돌아보자 그가 어색한 웃음을 흘리며 말했다.

"어…… 조, 좋아!"

"하하, 다행이다. 병원 환자들 말고는 처음 들려주는 거라 좀 긴장됐었는데, 헤헤."

구시온이 조심스럽게 물었다.

"그…… 음악 연주해 준 사람들한테도 안 들려줬어?"

건이 장난스럽게 웃으며 말했다.

"응, 시즈카와 케빈, 아더도 자기 파트만 녹음했고, 아직 풀 음원은 못 들었어. 히히! 나중에 만나면 이거 말하지 마, 케빈은 몰라도 시즈카는 울지도 모른단 말이야. 친구라고 말할 수 있는 건 네 사람뿐인데 그중 너희가 처음 듣는 거야."

구시온의 표정이 조금 풀어졌다.

"친…… 구?"

건이 아무렇지 않게 음료수를 건네며 말했다.

"응, 친구. 우리 친구잖아? 만난 지는 이틀밖에 안 되었지만, 너희들 진짜 정이 간다. 마치 오래된 친구 같은 느낌이야. 너희들도 그래?"

구시온이 가만히 건을 보고 있자, 파이몬이 나서며 음료수를 받아 들었다.

"그럼! 친구지, 하하. 우리도 네가 그렇게 생각해 주니 기쁘다."

"히히, 오늘 할 일 없으면 나랑 동물원 갈래? 동물 친구들도 소개해 줄게."

신나서 오늘 하고 싶은 일을 떠들어대고 있는 건을 멀뚱히 지켜보고 있던 구시온이 생각에 잠겼다.

'친구라…… 나한테 그런 것이 있었던가?'

자신은 파이몬과 달랐다. 무력이 뛰어난 악마가 아니라 전략이 뛰어난 악마였기에 무력을 숭배하는 일부 악마들은 자신을 싫어하거나 무시했다.

죽을 힘을 다해 마력을 모아 72 악마 중 11위라는 자리를 차지하기까지 그는 자신의 이점을 십분 활용해 각종 계략과 비겁한 수단을 가리지 않았다. 그렇게 살아온 삼만 년의 시간은 자신에게 지옥 최상위 악마라는 권위를 주었지만, 그 대가인지 주변에는 이야기를 나눌 단 한 명의 악마도 남아 있지 않았다. 그저 자신에게 종속되어 무조건 명을 따르는 마졸들만 있을 뿐.

가마긴과 파이몬의 사이처럼 함께 뭔가를 상의하거나, 체스를 두고 커피 한잔을 나눌 친구는 없었던 구시온이었다.

'친구…….'

구시온이 신나게 건과 이야기를 나누며 동물원에 있는 친구들은 어떤 녀석들인지를 묻는 파이몬을 보았다.

'저 녀석은 성격이 개차반인데도 주위에 항상 많은 악마들이 있지.'

파이몬은 태생적으로 비겁함과는 거리가 먼 악마였다. 어찌 보면 뭐든지 정면으로 부딪쳐 깨버리는 바알과 닮은 파이몬의 주변에는 많은 악마가 있었다.

그들은 파이몬을 믿고 논의할 대상으로 보고 있었다. 어쩌다 한 번씩 그가 부럽다는 생각을 해보았던 구시온이었지만, 자신의 이점을 살리지 않는다면 금방 서열 경쟁에서 밀려 버릴 것이라는 걸 아는 그는 파이몬과 같은 행동으로 다른 악마들을 대하지 못했다.

입술을 깨물고 파이몬과 건을 바라보던 구시온이 입을 열었다.

"하나만 물어보자."

건과 파이몬이 동시에 고개를 돌렸다.

잠시 두 사람을 바라보던 구시온이 건에게 시선을 집중하며 말했다.

"왜 날 친구라고 생각해 주는 거지? 너와 난 단지 두 번밖에 만나지 않았잖아. 첫 만남에 네가 나에게 도움을 받았다고 해도 너 같은 유명인이 나 같은 일반인을 친구로 삼을 이유는 아닐 텐데 말이야."

건이 가만히 구시온을 바라보았다. 어떤 뜻으로 이야기한 것인지 생각해 보던 건이 어떤 대답을 해야 할지 잠시 고민하더니 고개를 세차게 저으며 잡념을 털어낸 후 밝게 웃었다.

"그냥!"

구시온이 얼빠진 표정으로 물었다.

"뭐? 그냥이라니……."

건이 다가와 주먹으로 구시온의 가슴을 툭 쳤다.

"좋은데 이유가 필요해? 그냥 네가 마음에 들었어. 처음 볼 때부터."

세게 때리지 않아 통증은 없었지만, 건의 주먹이 스친 가슴을 내려본 시온이 손을 가슴에 대었다. 심장이 뛰지 않는 자신의 가슴을 멍하니 느껴보던 구시온이 고개를 들었다.

아무것도 모르고 그저 밝게 웃는 건과 의미심장한 웃음을 짓고 있는 파이몬이 자신을 보고 있었다.

잠시 자신을 보고 웃던 건이 자리에서 일어나며 말했다.

"학교 측이랑 약속한 게 있어서, 교수님께 얼굴도장만 찍고 동물원에 가자, 여기서 잠깐만 기다려."

건이 나가는 모습을 뚫어지게 보고 있던 구시온이 연습실 문이 닫히고 난 후 말했다.

"파이몬. 넌 저 녀석의 친구가 되는 게 이상하지 않아?"

뭐가 그리 즐거운지 싱글거리며 웃던 파이몬이 말했다.

"저 녀석이 기어 다닐 때부터 봤다. 물론 가마긴 각하의 아이지만 말이야, 어떤 때는 삼촌 같기도 하고 어떤 때는 형 같기도 한마음으로 지켜봤지. 친구면 또 어때? 뭐가 됐든 함께 있으면 즐겁잖아."

구시온이 나직하게 중얼거렸다.

"함께 있으면 즐겁다?"

"후후 넌 못 느껴봤지? 누군가와 함께하고 그 사람을 믿으면 어떤 마음이 드는지 말이야."

"그래…… 못 느껴봤지."

"크크, 불쌍한 녀석."

구시온이 심각한 얼굴로 생각에 잠겼다.

그를 본 파이몬이 싱긋 웃으며 입을 닫자 연습실에 침묵이 돌았다.

잠시 후 문이 열리는 소리에 고개를 든 구시온이 문 앞에 선 남자를 보고 살짝 놀랐지만 이내 신색을 회복하고 고개를 숙였다.

"가마긴 각하를 뵙니다."

　조력자의 역할이던 파이몬이 항상 아이를 주시하고 있음을 안 구시온이 가마긴 역시 그러할 것이란 것을 예상했기에 놀라지 않고 인사를 건네자 다가온 가마긴이 구시온의 어깨를 툭툭 치며 말했다.

"그래, 오래간만이군."

　파이몬이 재빨리 간이 의자를 펴주자 자리에 앉은 가마긴이 팔짱을 끼고 구시온을 보았다.

　음침하고 항상 계략을 꾸미려는 듯 눈을 굴리는 구시온의 평소 모습과 달리 뭔가 고민에 빠져 있는 그를 본 가마긴이 나직한 목소리로 말했다.

"지겹지 않은가?"

　구시온이 고개를 들었다.

"무엇이 말입니까?"

　가마긴이 숨을 고르며 말했다.

"누군가를 함정에 빠뜨리고, 힘들게 하는 것 말이야."

"악마가 그런 짓을 하는 것은 당연한 것입니다. 그래야 마력을 모을 수 있으니까요."

"충분히 모으지 않았나? 자네 거기서 더 올라가는 것은 무리일 텐데?"

구시온이 고개를 숙였다. 가마긴의 말이 맞았다. 무력이 떨어지는 자신으로써는 이미 한계까지 서열을 올린 상태였기 때문이다.

자신보다 한 단계 높은 서열인 10위는 부에르. 사자의 머리에 말의 몸을 가진 부에르가 자신의 몸보다 더 큰 송곳니를 드러내면 자신은 찍소리도 못하고 물러나는 것이 보통이었다.

만 년이 넘는 시간 동안 그를 제치고 서열 10위로 올라설 계략을 짰던 구시온이었지만, 어떤 수를 써도 10위권 진입은 불가능한 벽으로 보였다.

"무리…… 일지도 모르지요."

파이몬이 위로하는 듯 고갯짓을 했다.

"그렇게 쉽게 포기하지는 말라고, 친구."

이제 아무렇지도 않게 친구라고 부르는 파이몬을 지그시 바라보는 구시온에게 가마긴이 다시 말을 이었다.

"지겹게 해왔지 않은가? 이제 새로운 재밌거리를 찾아보는 건 어떤가?"

구시온이 가마긴에게로 시선을 돌렸다.

"어떤 재미 말입니까?"

가마긴이 선글라스를 벗으며 구시온을 보았다. 푸른 빛이 일렁이는 가마긴의 시선을 정면으로 마주했지만, 서열이 낮은 암두시아스와 달리 서열 11위의 고위 악마였던 구시온은 그의 눈을 피하지 않았다.

가만히 그를 보던 가마긴이 입을 열었다.

"친구를 사귀어 보게. 그것이 자네의 지겹고 무료한 일생에 색다른 재미를 주게 될지도 모르지 않는가?"

가마긴의 말에 파이몬을 돌아본 구시온이 중얼거렸다.

"친구…… 말입니까?"

파이몬이 엄지 손가락을 들어 보이며 말했다.

"나도 친구 해줄게. 물론 네 1호 친구는 케이겠지만 말이야."

구시온이 다시 닫혀 있는 문 쪽을 바라보며 중얼거렸다.

"케이…… 첫 번째 친구……."

가마긴이 자리에서 일어나며 말했다.

"한번 생각해 보게. 선택은 자네 몫이니 말이야. 아이가 돌아오고 있나 보군, 난 이만 가겠네."

파이몬이 함께 일어나며 웃었다.

"이 기회에 각하께서도 아이와 함께 지내보시지 그러십니까?"

가마긴이 피식 웃으며 선글라스를 썼다.

"난 그런 취미는 없네. 그리고 나름 바빠서 말이야, 그럼 잘 부탁하네."

가마긴을 문밖까지 배웅한 파이몬이 연습실로 돌아오자, 눈을 감고 생각에 빠진 구시온이 보였다.

잠시 그를 내려다보던 파이몬이 조용히 문을 닫고 밖으로 나와 팔짱을 꼈다.

복도를 지나다니는 여학생들이 자신의 얼굴을 힐끔거리며 추파를 던지는 것을 재미있다는 눈으로 보던 파이몬이 복도 끝에서 모습을 드러낸 건을 향해 손을 들었다.

"여어, 일은 잘 처리하고 왔어?"

방금 헤어졌지만 며칠 만에 만나는 듯 반갑게 손을 흔들며 뛰어오던 건이 파이몬이 혼자 서 있는 것을 보고 두리번거렸다.

"시온은 어디 갔어?"

고갯짓하며 닫힌 문을 가리킨 파이몬이 웃었다.

"응, 나도 화장실 다녀왔어. 오다가 너 보고 같이 들어가려고 서 있었던 거야. 시온은 안에 있어."

"그래? 그럼 이제 갈까? 브롱스 동물원 안 가봤지? 진짜 예쁘고 동물들도 너무 사랑스러워."

"하하, 기대되네."

안에서 두 사람의 목소리가 들렸던지 문이 열리며 시온이 나왔다. 건이 시온의 팔을 잡고 밝게 웃으며 잡아끌었다.

"가자, 시온! 시화랑, 파이랑 리키도 소개해 줄게!"

진중한 표정으로 문밖을 나선 시온이 자신의 팔을 끌고 있는 건의 뒷모습을 보았다. 눈을 굴리지 않고 가만히 건을 보고 있는 구시온의 표정을 훔쳐본 파이몬이 장난스러운 웃음을 지었다.

브롱스 동물원.

시화의 우리 앞에서 오랜만에 찾아온 건을 알아본 시화와 시화의 새끼들이 재롱을 피우는 것을 가리킨 건이 즐거운 웃음을 흘렸다.

"저거 봐. 쟤가 시화야! 이름도 내가 지어줬다? 예쁘지?"

어떻게 봐도 그냥 고릴라인 시화가 뭐가 그리 예쁜지 눈을 떼지 못하는 건이었다.

건을 통해 동물원 직원들과 인사도 나누고, 동물들에게 줄 간식도 받아 든 건이 식빵 조각을 고릴라 우리에 던져주며 시간을 보냈다.

파이몬과 구시온이 멀찍이 떨어져 있는 것을 본 건이 의아한 눈으로 물었다.

"너희들은 동물 안 좋아해? 왜 그렇게 떨어져 있어?"

파이몬이 그저 웃으며 고갯짓을 했다.

"어, 우리는 그냥 여기서 볼게. 재미없는 건 아니니까 그 녀석들이랑 시간 보내라고."

"그래? 음…… 너희만 떨어져 있으니 나 혼자 신난 것 같아 좀 그런데."

"하하, 괜찮아, 괜찮아."

어서 가서 놀라는 듯 손짓하는 파이몬이 멀리서 자신을 지켜보고 있는 고릴라들에게 시선을 주자, 고릴라들이 화들짝 놀라며 구석으로 숨었다.

동물들은 인간들과 달라 자신보다 강한 자를 바로 알아본다. 생태계에서 만날 수 있는 강자가 아닌 감히 올려다보지도 못할 파이몬과 구시온이 다가가면 모두 구석에서 바들바들 떨기만 하고 있을 것을 아는 둘은 건의 시간을 방해하지 않기 위해 조금 떨어져 있는 것이었다.

천진난만하게 웃으며 동물들과 시간을 보내다, 때때로 자신들을 돌아보며 동물들에 대해 설명을 해주고 있는 건을 구시온은 한참을 그저 바라만 보았다.

리키와 파이를 지나 거대한 새장 앞에 도착했을 때 신나서 새 우리에 바싹 붙어 있는 건에게서 떨어진 두 사람이 벤치에 앉았다.

생수 한 병을 구시온에게 건네며 옆에 앉은 파이몬이 아이 같이 좋아하는 건을 바라보며 말했다.

"괜찮은 아이 같지? 저 나이에 저렇게 순수한 인간은 없어."

여전히 건에게서 눈을 떼지 않고 있던 구시온이 아무 말 없이 생수 뚜껑을 열어 물을 마셨다.

구시온이 건을 관찰하고 있다는 것 자체가 그의 마음이 변해가고 있다는 것임을 알아챈 파이몬이 다시 말했다.

"저녁 식사 때는 다른 친구도 부를 거라고 신나 있더라."

구시온이 눈썹을 꿈틀했다.

"다른 친구?"

"그 왜 있잖아, 음악 같이하는 친구들이랑 회사 사람들이겠지, 아이가 친하게 지내는 사람들이라곤 그 녀석들이랑 교수들뿐이니까."

"음, 케빈과 시즈카라는 아이들 말인가?"

"응, 같이 비비킹 클럽에서 저녁 먹자고 하더라."

"그렇군."

파이몬이 구시온의 등을 짝 소리 나게 때리며 웃었다.

"인상 좀 펴, 자식아!"

아프지는 않았는지 그저 무표정한 구시온이 건을 돌아보았다. 새장에 붙어 웃고 있는 건에게 한참 시선을 준 구시온이 작게 말했다.

"아직은 잘 모르겠군."

뭘 모르겠다는 것인지 알고 있는 파이몬이 벤치에 손을 얹고 무게 중심을 뒤로 이동시키며 편하게 앉았다.

"뭐가 그리 급해서? 어차피 영원히 살아가야 할 운명인데,

천천히 생각하지그래."

구시온이 자신의 손을 내려다보다가 주먹을 쥐었다.

"그래, 우리는 영생. 하지만 저 녀석은 인간이고 곧 죽는다. 그럼 다시는 보지 못하겠지, 내가 저 녀석을 끌고 지옥에 가지 않는다면 말이야."

구시온이 파이몬을 돌아보았다.

"넌 그래도 괜찮나?"

파이몬이 건을 보며 희미하게 웃었다.

"글쎄, 생각 안 해봤다."

구시온이 눈살을 찌푸렸다.

"친구라고 하지 않았나? 저 녀석의 마지막 날이 올 때 슬프지 않겠어?"

"크크, 그래서? 그게 무서워 친구가 되지 않으려는 건가, 넌?"

구시온이 고개를 숙였다. 잠시 침묵하던 그가 다시 건에게로 시선을 던졌다.

"내게 친구가 되자고 한 건 저 녀석이 처음이다. 그런데 하필 인간이라니. 친구가 되어봤자 찰나의 순간만 함께할 수 있을 것 아닌가?"

"그럼 어때?"

"뭐?"

파이몬이 구시온의 미간에 검지를 대며 말했다.

"네 여기가 평생 저 녀석을 기억하면 되는 거야. 네 기억 속에 친구로 남아 있다면 그걸로 된 거다."

자신의 미간을 톡톡 건드리는 파이몬을 가만히 바라보던 구시온이 바닥으로 시선을 던지며 머뭇거렸다.

"너도…… 내 친구가 되어줄 건가?"

"후후, 저 녀석과 친구가 될 수 있다면, 나도 가마긴 각하도, 암두시아스도 네 친구가 될 수 있겠지."

"휴…… 그렇군."

파이몬이 장난스러운 표정으로 검지를 들었다.

"아, 한 명 더 있군."

구시온이 이제 별 관심 없는지 그저 고개만 끄덕이자 파이몬이 웃으며 말했다.

"시바가 빠졌군."

구시온이 놀라며 조금 큰 소리를 냈다.

"뭐라고?"

"킬킬 시바라고."

"그, 그럼 그때 힌두 놈들과 라마승들이 덮쳤던 것이……."

"크크, 라마승은 나도 모르는 일이고, 힌두 쪽은 시바가 한 것이 맞지."

시바까지 건의 뒤를 봐주고 있다는 것을 이제야 알게 된 구시온이 자신에게 다가온 새들에게 손을 뻗고 있는 건을 보았다. 한참 놀란 눈으로 건을 보던 구시온이 물었다.

"가마긴, 너, 암두시아스, 그리고 시바까지. 아, 브라흐마와 비슈누도 당연히 포함이겠지? 하하, 잘못 건드렸군."

구시온이 자조적인 웃음을 짓다가 문득 물었다.

"만약 내가 좀 더 악랄하게 저 녀석을 괴롭혔다면 어떻게 되었을까?"

파이몬이 하늘을 보며 휘파람을 불었다.

"글쎄? 네가 지금 상상하고 있는 것처럼 되었을 테지."

"후후…… 그렇군."

구시온이 쓴웃음을 지으며 고개를 절레절레 젓는 것을 본 건이 벤치로 다가오며 물었다.

"무슨 이야기를 그렇게 해? 나만 빼고."

구시온이 건을 보며 피식 웃었다.

"대단한 녀석이었구나, 넌."

건이 눈을 동그랗게 뜨고 물었다.

"응? 갑자기 뭐가?"

"아냐, 자 이제 일어나자, 다음엔 어딜 간다고 했었지?"

"어…… 다른 친구들이랑 저녁 먹으려고 했는데…… 아직 시간이 좀 일러."

"그래? 그럼 여기 더 있을 건가?"

손목시계를 본 건이 잠시 고민하다가 말했다.

"페이, 시온. 친구들 못지않게 내게 소중한 사람이 한 명 더 있는데, 시간도 남으니 잠시 보러 가자."

파이몬이 아무 말 없이 손을 털고 일어났다.

"그래, 어디든 가자고."

♪♪♫

잠시 후.

맨하튼 근교의 공사가 한창인 5층 건물 앞에 선 구시온이 인부들이 작업 중인 건물을 올려다보며 물었다.

"여긴 공사장인데, 여길 왜 왔어?"

공사 중인 붉은 벽돌 건물을 올려다보던 건이 싱긋 웃었다.

"여기 우리 회사 미국 지사야. 원래 미국 진출 의사가 없었는데, 몬타나도 계약하고 시즈카까지 계약하면서 지사를 세우기로 했대."

파이몬이 맨하튼 시내 중심가에 위치한 5층 건물을 보며 휘파람을 불었다.

"휘익, 돈 많이 벌었나 보군."

건이 두 사람의 어깨동무를 하며 웃었다.

"들어가 보고 싶지만, 위험해서 못 간다네. 아! 저기 나오신다."

건의 말에 고개를 돌린 구시온의 눈이 커졌다. 공사가 한창인 곳에서 나온 린이 하늘색 블라우스와 검은 스커트를 입고 하이힐 소리를 내고 걸어오는 것을 본 구시온이 몇 걸음 물러났다.

그 모습을 본 건이 장난스럽게 웃으며 말했다.

"히히, 우리 이사님 예쁘지? 저절로 뒷걸음질이 막 쳐져?"

이상한 오해를 한 건이 웃으며 린과 인사를 하려고 앞으로 달려가자 구시온이 린에게서 눈을 떼지 못한 채 파이몬에게 말했다.

"저거…… 인간이 아닌데?"

파이몬이 뒤 목에 깍지 낀 손을 올리며 웃었다.

"응, 아니다."

구시온이 놀란 얼굴로 파이몬을 보았다.

"알고 있었어?"

파이몬이 피식 웃으며 하늘을 보았다.

"너, 천사들이 왜 안 움직였는지 궁금하지 않았어?"

"그거야 뭐…… 헉? 서, 설마?"

"그래, 천사들도 저 녀석을 좋아해. 그래서 움직이지 않은 거지. 아, 물론 가마긴 각하께서 힘쓰신 결과지만 말이야."

"그런…… 악마와 천사가 동시에 지키는 아이라고?"

"크크, 그렇지."

구시온이 놀란 가슴이 진정되지 않는지 눈을 크게 뜨고 린을 바라보았다. 건과 대화 중에 힐끔힐끔 자신을 보고 있는 린의 힘을 가늠해 본 구시온이 중얼거렸다.

"크루세이더급이 아니다, 3계급 오파님(Ophanim) 이상의 천사야."

파이몬이 여전히 손을 목 뒤로 깍지 낀 채 고개를 끄덕였다.

"가마긴 각하 말씀으로는 아마 우리엘일 거라고 하시더라."

구시온이 대경하며 소리쳤다.

"뭐라고! 4대 천사 우리엘이라고?"

구시온이 소리를 지르자 린과 건이 돌아보았다.

아무것도 아니라는 듯 웃으며 손사래를 쳐 보인 파이몬이 구시온의 어깨동무를 하며 작게 말했다.

"목소리 낮춰 친구."

구시온이 파이몬의 말에도 계속 린을 살펴보며 말했다.

"말이 돼? 느껴지는 힘이 미약하다, 절대 우리엘일 리 없어."

"인간의 몸으로 현신한 거라 천사 그대로의 힘 모두를 드러내고 있지 않은 거라더라. 가마긴 각하 말씀이니 아마 맞을 거야, 그리고 아이 주위에 한 명의 천사가 더 있다고 하는데, 우리도 아직 누군지 몰라. 워낙 꼭꼭 숨어 있어서."

"또…… 있다고?"

"그뿐 아니야, 칼리엘과 나나엘도 언제나 아이를 주시하고 있지."

"헉! 카, 칼리엘 말인가? 미카엘의 오른팔? 거기다…… 꿈의 천사 나나엘까지?"

"흐흐, 그래."

"도대체 저 아이 뭐가 그리 특별해서 크루세이더나 도미니언 급도 아닌 상위 천사들까지 붙어 있는 건가? 우리엘과 칼리엘은 최상위 천사인데 고작 인간 아이를 지켜보고 있다고?"

"후후, 그건 네가 직접 알아봐."

대화를 하던 구시온이 누군가 다가오는 인기척에 고개를 돌렸다.

린의 손을 잡고 다가오던 건이 환하게 웃으며 말했다.

"이사님! 여기 두 사람이 제 새 친구들이에요. 이쪽 금발에 잘생긴 쪽이 페이고요, 이쪽 갈색 머리 유럽 미남이 시온이에요. 시온은 그림을 공부하는 학생이고요, 페이는…… 어, 페이는 뭐 하는 사람이었더라?"

소개를 하다 말고 얼빠진 얼굴을 한 건에게 파이몬이 웃으며 말했다.

"나도 학생이야, 마케팅 쪽 공부를 하고 있지."

"아, 생각해 보니 묻지도 않았었구나, 하하. 뭐 어쨌든 그래요, 이사님."

린이 눈짓으로 인사를 건넸다.

"만나서 반갑습니다, 페이. 그리고……"

린이 뚫어지게 자신을 보고 있는 구시온을 정면으로 보며 차가운 미소를 지었다.

"반갑습니다, 시온."

여성이 먼저 악수를 청해오지 않았기에 단지 눈짓으로 인사를 건넨 파이몬이 건의 어깨에 손을 올리며 말했다.

"말씀 많이 들었습니다, 앞으로도 제 친구를 잘 부탁드립니다. 린 이사님."

린이 파이몬을 보며 따뜻한 미소를 지었다.

"그래야지요, 케이에게 좋은 친구가 생긴 것 같아 저도 기쁘군요."

린이 구시온 쪽으로 고개를 돌리며 잠시 위아래로 그를 본 후 물었다.

"그리고…… 시온, 당신도 케이의 좋은 친구겠죠?"

모두의 시선이 구시온에게로 쏠렸다. 자신을 보며 미소 짓고 있는 린의 눈을 뚫어지게 보고 있던 구시온이 어서 답하라는 듯 재촉의 눈빛을 보내는 파이몬과 싱글거리며 웃고 있는 건을 바라보았다.

"네, 일단은 그렇다고 해두죠."

시크한 구시온의 답에 실소를 지은 건이 린에게 웃음 지었다.

"시온은 아마 낯을 좀 가리는 것 같아요. 하지만 처음 보는 제게 큰 도움을 줬던 친구니 이사님도 잘 대해주시면 좋겠어요, 하하."

린이 낮게 웃으며 말했다.

"그렇군요, 낯을 가리는 친구라. 흥미롭군요. 아, 저쪽에 건씨 전용 공간을 짓고 있는데 한번 보실래요?"

"오 진짜요? 어디에요?"

"저기 3층이에요, 사람을 하나 붙여줄 테니 가서 보고 오세요."

"네! 애들아 나 잠깐만 다녀올게!"

린이 손짓으로 직원을 불러 건을 안전하게 입장시키라는 지시를 한 후 공사장으로 들어가는 건을 보았다.

건이 완전히 건물 안으로 사라진 것을 확인한 린이 구시온에게 물었다.

"생각이 바뀌셨습니까? 구시온."

구시온이 건이 떠나자 바로 태도를 바꾸는 린을 노려보았다. 악마와 천사의 관계가 좋을 리 없었고, 갖은 권모술수를 쓰는 구시온은 천사들에게도 기피 대상이었기 때문이었다.

"아직은 아니다."

린이 살짝 미소를 지으며 파이몬을 보았다.

"잘 부탁드립니다, 파이몬 님."

"하하, 내 쪽에서도 부탁드려야 할 말이네요."

"그럼 구경하고 가세요, 전 챙겨야 할 일이 많군요."

린이 짧은 인사를 건넨 후 구시온을 슬쩍 보았다. 여전히 자신을 노려보고 있는 구시온에게 아름다운 미소를 보여준 린이 목례를 한 후 자리를 떴다.

그녀의 뒷모습을 보고 있던 구시온이 말했다.

"우리엘이라니……."

파이몬이 함께 그녀의 뒷모습을 보며 웃음을 지었다.

"그래, 우리엘이 직접 보호해 주고 있는 아이지."

침묵하며 린이 사라지는 것을 끝까지 노려보고 있던 구시온이 물었다.

"시작은 천사들 쪽이었나?"

"아니, 시작은 가마긴 각하가 하셨지."

"악마들의 행사를 천사가 도왔다고?"

"후후, 그래."

"이해할 수 없는 일이군."

"이해하게 될 거야, 곧."

"음?"

"가마긴 각하께서 언젠가는 네게도 이야기해 주시겠지, 이 일의 왜 시작되었는지 말이야."

"친…… 구가 된다면 말인가?"

"그래, 친구란 믿을 수 있는 존재를 뜻하니까."

"그…… 렇군."

자신의 공간이 무척 마음에 들었는지 밖으로 나온 건이 안전모를 벗으며 환하게 웃었다.

♪♫

비비킹 클럽에서 시즈카와 케빈을 소개받고, 오늘도 역시 술이 떡이 될 때까지 마셔댄 건을 부축해 레드 케슬로 돌아온 구시온과 파이몬이 아무도 없는 별채 거실의 소파에 앉았다.

자신의 방에서 잠이든 건을 반쯤 열린 문틈으로 슬쩍 본 파이몬이 물었다.

"그래, 어땠나? 인간의 친구로 보낸 하루의 소감은?"

구시온이 어두운 방에 앉아 낮은 목소리로 답했다.

"그저 새로운 일이라곤 없는 평범한 일상이더군, 늘 가던 곳, 늘 만나던 사람들과 만나는 것이었으니."

"그래, 인간이란 그런 것이지, 평범한 일상 속에서 즐거워하고 기뻐하며, 자신의 짧은 일생을 전체로 놓고 보아도 티끌같이 작은 상처 때문에 슬퍼하기도, 또 아파하기도 하는 존재라네."

구시온이 짧은 침묵 후 고개를 숙였다.

"그리고…… 즐겁더군."

파이몬이 작게 웃음을 지었다.

"그랬군."

구시온이 누워서 입을 오물거리고 있는 건을 힐끔 보았다.

"아이의 다음 음악이 무엇인지 들었나?"

"아까 술자리에서 이야기하더군, 불, 바람, 땅의 노래라고 했지 않았나?"

"무슨 의미인지 아는가?"

"후후, 알지."

"물의 노래와 다르네, 땅의 노래는 땅을 비옥하게 하여 식물이 잘 자라나게 할 수도 있고, 또 말라 비틀어져 우주의 화성처럼 지구의 환경을 바꾸어 버릴 수도 있어, 바람의 노래는 가뭄이 있는 곳에 비를 내려줄 수도 있지만, 기후를 바꾸어 폭풍우를 불러올 수도 있고, 불의 노래는 사람들의 감정을 움직여 매사에 열정을 가지게 할 수도 있지만, 반대로 서로 전쟁을 일으킬 정도의 호전성을 가져오게 할 수도 있어. 그래도 그냥 둘 건가?"

파이몬이 이를 드러내고 웃으며 엄지손가락으로 건을 가리켰다.

"네가 보기에 저 녀석이 부정적인 측면의 감정을 실을 녀석으로 보이나?"

구시온이 가만히 건을 보았다. 종일 지켜본 건은 그저 천진난만했고, 친구들에게 작은 상처도 주기 싫어했다.

물의 노래에 관한 이야기를 하며 조금씩 차도를 보이는 정신 병동 환자들의 이야기를 마치 자신의 이야기나, 자신의 가족에게 도움을 준 것 같은 만족감으로 신나서 이야기했었다.

잠시 생각에 잠겼던 구시온이 이내 고개를 저었다.

"아니, 그렇지 않은 것 같군. 아쉬워, 만약 나였다면 아이를 움직여 더 큰 마력을 얻어냈을 텐데 말이야."

파이몬이 손가락을 말아 구시온의 이마에 작게 딱밤을 먹였다.

"자신을 감추지 마라, 이미 네 속에 그런 생각은 없다는 걸 알고 있어."

구시온이 아프지도 않은 이마를 매만지며 한숨을 쉬었다.

"이래도 되는 건가? 나는 악마야, 너 역시 마찬가지고."

파이몬이 소파에 등을 깊숙이 묻고 천장을 보았다.

"뭐든 하나쯤 예외가 있어야 재미있지 않을까? 악마라고 매번 같은 행동 패턴만 가지니 생이 지겨운 것이지."

"예외…… 라……."

"그래, 예외."

구시온이 다시 팔짱을 끼고 생각에 잠기는 것을 본 파이몬이 작게 웃으며 자리를 피했다.

혼자 고민에 빠진 구시온이 앉은 어두운 별채 거실에 새벽 하늘의 태양 빛이 드리워지고, 낮이 되어 해가 중천에 떠올랐지만, 고민에 빠진 구시온은 자리에서 일어나지 않았다.

늦은 오후, 숙취는 없었지만, 목이 말랐던 건이 침대에서 일어나 방을 나서다, 소파에 앉아 고개를 숙이고 있는 구시온을 보았다.

구시온은 건이 일어났음을 알고 있었지만, 그저 고개를 숙이고 눈을 감고 있었다. 잠시 자신 주변을 기웃거리던 건이 다시 다가오는 것을 느낀 구시온이 고개를 들려다가 앉아 있는 자신의 등과 목 아래까지를 덮치는 따뜻하고 부드러운 기운을 느꼈다.

작게 눈을 뜬 구시온이 목 아래까지 올라오도록 덮인 알록달록한 색의 담요를 보았다.

아직 주위에 있던 건이 자신의 어깨를 조심스럽게 쓰다듬으며 작게 말했다.

"이런 곳에서 자면 감기 걸리는데…… 너무 곤하게 자는 것 같아 못 깨우겠네. 이거라도 있으면 그래도 아프진 않을 거야, 시온."

따뜻한 말 한마디를 남긴 건이 냉장고로 가 물을 마셨다. 목이 많이 말랐던 터라 물 두 컵을 연속으로 마시고도 모자라 또다시 한 컵을 부어 방으로 가져가던 건이 담요를 어깨에 걸치고 소파에서 일어나 있는 구시온을 보고 걸음을 멈췄다.

"어, 깼어? 아 혹시 나 때문에 깬 거야? 미안해. 감기 걸릴까 봐 그런 건데."

어깨에서 흘러내린 담요를 조금 끌어당겨 제대로 걸친 구시온이 건을 가만히 보았다.

건은 구시온이 담요를 끌어당기는 것을 보고 혹시 몸이 안 좋아 저러는가 싶어 걱정스러운 표정으로 말했다.

"추워? 내 방으로 가자, 남자끼린데 뭐 어때, 같은 침대에서 자도 괜찮아."

물컵을 들고 다른 한 손으로 팔을 잡아당겨 구시온을 방으로 데리고 가려던 건이 몸에 힘을 주어 끌려가지 않으려고 버티는 구시온을 돌아보았다.

그저 진중한 표정으로 자신을 보고 있는 구시온의 눈앞에 손가락을 튕긴 건이 걱정스러운 표정으로 물었다.

"시온? 너 혹시 몽유병 같은 거 있어? 아직 잠이 안 깬 건가? 정신 차려봐."

눈앞에서 손을 휘젓거나 튕기는 건을 가만히 바라보던 구시온이 밤새 말없이 생각에 잠긴 터라 갈라진 목소리로 말했다.

"다시 한번 묻자."

그의 갈라진 목소리에 더욱 걱정스러운 표정이 된 건이었지만, 일단 그가 온전하다는 것을 알고 나니 조금 안심이 되었다.

"응, 말해."

"나는 네 친구인가?"

건이 인상을 찌푸렸다.

"왜 자꾸 묻는 거야…… 어제도 말했잖아. 페이나 너나 다 내 친구라니까."

구시온이 눈을 감았다. 잠시 숨을 고르던 그가 눈을 뜬 후 건을 노려보았다.

갑자기 자신을 노려보는 친구를 이상하게 보기보다는 걱정스러운 표정으로 보고 있는 건이었다.

그의 따뜻함과 호의를 느낀 구시온이 힘겹게 입을 열었다.

"구시온……."

건이 고개를 갸웃했다.

"응?"

"내 이름은 구시온이다."

"어? 시온이 아니라, 구시온이었어? 그럼…… 시온은 어릴 때 애칭 같은 거였나 보구나?"

구시온이 담요를 바닥에 떨어뜨리며 말했다.

"나 구시온이 말한다. 당신을 영생토록 나의 친구임을 인정한다."

구시온의 말에 순간적으로 별채 거실에 보라색의 빛이 번개가 치듯 나타났다 사라졌다.

갑자기 카메라의 플래시 불빛처럼 순간적으로 나타났던 보라색 불빛에 놀란 얼굴이 된 건이 주위를 돌아보며 말했다.

"바, 방금 뭐였지? 시온, 아니 구시온. 너도 봤어?"

구시온이 슬쩍 웃으며 고개를 저었다.

"아니, 못 봤어."

건이 눈을 비비며 다시 주위를 둘러보았지만 모든 것이 그대로인 것을 보고 인상을 쓰며 얼굴을 비볐다.

"아, 요새 술을 너무 자주 먹었나, 헛것이 보이네. 아, 미안해. 친구로 인정한다니 그게 무슨 말이야?"

구시온이 건의 어깨동무를 하며 방으로 잡아끌었다.

"아냐, 그런 게 있어. 들어가서 자자. 친구니까 한 침대 써도 된다며."

"어어, 그럼 당연하지. 그, 그런데 뭔가 다른 취미가 있는 건 아니겠지?"

"왜, 이제야 걱정되나?"

"아…… 아하하, 아니 그건 아니고, 하여튼 자자!"

"후후, 가자고."

건이 이불 하나를 더 꺼내 구시온에게 주고 원래 두 개 있던 배게 중 하나를 내어준 후 먼저 몸을 웅크리고 잠이 들었다.

잠을 잘 이유도, 필요도 없는 구시온이었지만, 조용히 눈을 감고 건의 숨소리가 안정적으로 바뀔 때까지 누워 있던 구시온이 건이 완전히 잠이 든 후 자리에서 일어났다.

가만히 닫혀 있는 방문을 바라보던 그가 피식 웃으며 걸어가 방문을 열었다.

별채 거실 소파에 세 남자가 앉아서 자신을 바라보며 웃고 있었다. 갈색 머리에 미남이 깔끔한 회색 정장 베스트에 붉은 넥타이를 매고 다가와 인사를 해왔다.

"안녕하십니까, 구시온 님. 암두시아스입니다."

어젯밤과 동일한 웃음으로 한 손을 들고 인사를 하는 파이몬.

"여어, 악마 주제에 잠을 주무셨어?"

실내임에도 여전히 선글라스를 벗지 않고 여름임에도 검은 가죽 장갑을 끼고 있는 가마긴.

"와서 않게."

달라진 것은 건과 친구가 된 것뿐이었지만, 그에게는 또 다른 셋의 악마 친구가 생겼다.

그것도 항상 자신을 두렵게 만드는 파이몬과 자신 따위는 무릎을 꿇고 머리를 조아려야 할 가마긴, 별로 도움이 될 것 같지는 않지만 이것저것 쓸모 있는 능력이 많은 암두시아스까지.

소파로 다가간 구시온이 세 사람을 보며 활짝 웃었다. 자신의 무릎 뒤를 차 소파에 강제로 앉힌 파이몬이 친구에게 하는 듯 헤드락을 걸며 머리에 꿀밤을 먹였다.

"크크크, 환영한다. 친구."

파이몬에 의해 목이 졸려지고 딱밤을 맞고 있는 구시온이 손을 휘저으며 저항했지만 환하게 웃고 있는 그의 표정은 숨기지 못했다.

누군가의 앞에서 이리 환한 웃음을 지어본 것이 처음인 구시온이 뭔가 후련해진 표정으로 한숨을 쉬었다.

◈ 7장 ◈

Ready for The Nature(1)

　구시온과 파이몬은 무려 이 주 동안이나 레드 케슬에 머물렀다. 그들은 건 함께 아무렇지 않은 일상을 보내며 서로 친밀감을 쌓고 믿음을 두텁게 만들었다.

　가마긴은 건이 잠든 후 찾아와 구시온에게 자신이 천사로 되돌아갈 것임을 알렸고, 놀란 구시온은 몇 번이나 가마긴에게 재확인을 하는 질문을 던졌다. 그의 생각이 하루 이틀 전에 생각한 일시적인 것이 아님을 깨달은 구시온은 그제야 천사들이 움직이지 않는 점에 대해 그들이 단지 건이라는 아이를 예뻐해서 그러한 것이 아님을 눈치챘다.

　가마긴과 같은 고위 악마가 천사로 돌아옴에 따라 다른 악마들에게 파생될 효과를 기대했기 때문임을 알아챈 구시온이 걱정스러운 표정을 지었으나, 이미 악마의 이름을 걸고 친구의 맹약을 한 후였기에 가마긴의 행사에 방해할 생각은 들지 않는 구시온이었다.

꽤 오랜 시간 레드 케슬에서 신세를 진 두 사람은 이 주 일째 되는 날 레드 케슬을 떠났고, 오랜 시간 함께 있었음에도 아쉬워했던 건 그들을 보내고 오랜만에 병준과 둘이 남아 조금 쓸쓸해진 별채 거실 소파에 앉아 이야기를 나누었다.

병준 역시 언제나 싱글거리며 자신의 비유를 잘 맞춰주고 눈치도 빨랐던 파이몬이 없으니 허전했던 모양이었다.

방문한 두 사람은 둘 다 남자라 팬티 바람으로 다니는 자신의 생활에도 크게 구애받지 않았음도 꽤 큰 이유였다.

오늘도 언제나 와 같이 팬티 바람으로 누워 배를 긁던 병준이 자신의 발 부근에 앉은 건을 발로 툭툭 쳤다.

"건아."

건이 팔로 발을 밀어내며 인상을 썼다.

"왜요?"

"너 앨범 작업 안 하냐? 내내 놀기만 했잖아, 애들하고."

"누가 놀아요, 곡 뼈대 다 잡아놨어요."

병준이 상체를 벌떡 세우며 반갑게 말했다.

"오! 그래? 아, 그때 술자리에서 이야기했던 거 말이냐? 불,

물, 바람, 땅의 노래?"

"네, 대충 뼈대랑 컨셉은 끝내놨어요."

"오, 좀 알려줘 봐. 궁금해 돌아가시기 직전이다. 이제 졸업까지 육 개월 정도 남았는데, 그 안에 완성 못 시키면 너 유급인 거 알지? 줄리어드의 천재라고 이름난 케이가 유급했다는 기사 나가봐라. 기자들이 아주 신나게 물어뜯으려고 난리일걸?"

건이 자리에서 일어나 방으로 가서 낙서가 가득 써진 스케치북을 들고나와 몇 장을 넘긴 후 병준에게 내밀었다.

"일단 불의 노래예요."

스케치북을 받아 든 병준이 인상을 찌푸렸다. 어떻게 보아도 무슨 말인지 모를 낙서들만 가득 써진 스케치북을 팽개친 병준이 인상을 구기며 말했다.

"장난치지 말고, 인마. 왕하오 회장님도 걱정하고 계신단 말이야."

"그거 컨셉 정한 거 맞는데. 저 항상 그렇게 써요."

병준이 등을 들썩대며 바닥에 버려진 스케치북을 다시 주웠다. 어떻게든 일어나지 않고 낑낑대며 주우려던 병준이 결국 포기하고 몸을 돌려 스케치북을 주워들고 다시 건에게 내밀었다.

"내가 알아듣게 설명만 좀 해줘 봐. 일단 불의 노래부터."

건이 병준이 들고 있는 스케치북을 보며 말했다.

"장르는 록이에요, 키는 활력이고요. 물의 노래는 형도 아시다시피 발라드 음악에 가깝죠, 록발라드가 아닌 R&B 발라드였어요."

병준이 의아한 표정으로 물었다.

"물의 노래가 R&B 발라드였어? 전혀 몰랐는데?"

"아직 가사가 없어서 그래요, 키스카의 가사 작업이 완료되면 R&B 풍의 보컬 멜로디 라인을 붙일 거예요, 그래서 더욱 편안하고 안식이 되는 음악으로 재편성할 거예요."

"뭐…… 그렇구나. 그럼 불의 노래는?"

"앞서 말씀드렸다시피 록이에요, 그것도 아주 강렬한 록이 될 것이고, 듣는 이들이 자기도 모르게 몸을 들썩이게 될 리드미컬한 록이 될 거예요, 굳이 따지자면 그루브 메탈 정도로 생각하시면 돼요."

이미 다른 밴드와 그루브 메탈의 투어도 해본 경험이 있고, 그쪽 장르로는 이미 Fury로 인정을 받았기에 크게 걱정하지 않은 병준이 수긍하며 스케치북의 다음 장을 넘겨 보다가 역시 인상을 쓰며 내밀었다.

"이건?"

갈색 색연필로 의미를 알 수 없는 글자들과 그림이 적힌 스케치북을 본 건이 말했다.

"그건 땅의 노래의 컨셉이에요."

병준이 인상을 쓰고 다시 스케치북을 보았다. 아무리 봐도 4세 이하의 아기들 낙서 같은 페이지를 째려보던 병준이 다시 설명하라는 듯 건 쪽으로 스케치북을 돌렸다.

"땅의 노래의 키 포인트는 희망이에요. 갈라지고 메마른 땅에서 다시 일어나는 스토리 텔링이 들어갈 곡이고, 장르는 힙합이에요."

병준이 놀란 얼굴로 물었다.

"힙합이라고? 너 랩 못하잖아?"

"그건 도움을 청할 사람이 많으니 관계없어요. 제 앨범이라고 꼭 저만 노래해야 하는 건 아니니까요."

"뭐, 스넵 독이나 네미넴 같은 사람들이겠지?"

"아마도, 친분이 있는 사람 위주로 쓰겠죠, 실력도 끝내주는 사람들이니까 문제없어요."

"음…… 계약서 준비를 해놔야겠군."

"네, 그러세요."

"그럼 이건?"

병준이 다음 장을 넘긴 후 아예 보지도 않고 건 쪽으로 스케치북을 돌렸다. 어차피 봐도 모르기 때문에 일찍 포기하고 설명을 요구하는 것이었다.

스케치북에는 파란 색연필로 낙서가 가득 했다. 다른 페이지보다 훨씬 더 복잡한 낙서가 그려진 페이지를 본 건이 웃었다.

"그건 바람의 노래예요. 이건 조금 오래 고민한 것이기도 한데, 바람이란 건 참 신기한 녀석이거든요. 꽃의 씨앗을 날려 새로운 곳에 새 생명을 전해주고, 뱃사람들을 육지로 데려다주기도 하는 고마운 바람이기도 하지만, 화가 나면 모든 걸 날려버리는 허리케인이 되기도 하고, 폭풍우가 되어 사람들에게 피해를 주는 녀석이기도 하죠. 물론 제가 만들 바람의 노래는 그런 음악은 아니겠지만요."

"네가 만들 노래는 어떤 노래인데?"

"시원한 바람일 거예요. 기분 좋게 불어와 스트레스를 날려줄 기분 좋은 바람."

"음…… 말은 그럴듯하다만…… 장르는?"

"댄스를 생각하고 있어요, 클럽 뮤직 쪽으로."

"잉? 갑자기 무슨 클럽 뮤직이야, 너 그런 쪽은 한 번도 안 해봤잖아?"

"이 기회에 도전해 보는 거죠, 뭐. 히히."

건이 소개해 준 네 곡의 설명을 모두 들은 병준이 고개를 갸웃거리다가 음악적으로 건과 말싸움으로 이길 리도 없고, 또 그가 자신을 음악으로 실망시킨 적도 없었기에 이내 고개를 끄덕이며 스케치북을 돌려주었다.

"앨범 이름은 정했고?"

건이 검지를 올리며 웃었다.

"The Nature. 자연 그 자체가 제 음악이 될 것이에요."

병준이 입술을 내밀고 수긍하는 듯 고개를 끄덕였다.

"음…… 괜찮네. 알았다, 대략적으로 보고해 둘게. 그런데 너 시간은 맞출 수 있겠나?"

건이 스케치북을 접으며 말했다.

"음, 지금 생각으로는 괜찮을 것 같긴 한데, 키스카 쪽의 가사가 좀 오래 안 나오네요. 보통 한두 시간 만에 가사를 써주던 키스카였는데, 이번엔 잘 안 떠오르나 봐요."

병준이 피식 웃으며 말했다.

"야, 너 물의 노래 만드는 데 얼마나 걸렸어?"

건이 잠시 생각해 본 후 말했다.

"글쎄요, 몇 달은 걸린 것 같아요, 왜요?"

"너 같은 천재도 몇 달이나 걸려 만든 노래에 가사 붙이는 게 쉽겠냐? 키스카 걔가 아무 말 대잔치를 쓰는 애도 아니고 다 계산하고 감정 고려한 최고의 가사를 쓰는 애인데 말이야."

"아…… 그런가요?"

"푸풋, 하여간 군대도 다녀오고 대학 졸업반까지 됐는데, 이 녀석은 어째 음악 말고 다른 부분은 전혀 성숙해지지 않으니 큰일이네."

건이 웃으며 병준의 발을 간질거렸다.

"히히, 나한테는 형이랑 린 이사님이 있으니까요."

"푸헐헐, 야 간지럽다!! 치워라!!"

잠시 발로 건을 밀어내며 웃던 병준이 건의 손에서 발을 뺀 후 숨을 헐떡대며 말했다.

"헥, 헥. 아 참! 사실 지금 컨셉에 대해 물어본 건 린 이사님이 시켜서야."

건이 눈을 동그랗게 뜨고 병준을 보았다.

"린 이사님이요? 그냥 직접 물어보시면 되지 왜요?"

"이 녀석아, 앨범 작업 중인 뮤지션은 대부분 민감하다고. 이사님 급에서 이야기하면 독촉이 되잖아. 그런 거 못 느껴봤냐? 딱 공부하려고 마음먹고 자리에 앉았는데 엄마가 들어와서 너 공부 안 하냐고 물어보면 갑자기 하기 싫어지는 거?"

항상 전교에서 놀던 건은 한 번도 부모님께 공부에 대한 재촉을 받아본 적이 없어 어깨를 으쓱했다.

"모르겠는데요."

"젠장, 하여간 공부 잘하는 놈들은 상종하면 안 돼. 하여간, 린 이사님은 자신이 아무 생각 없이 던진 말에 네가 음악 작업에 작은 방해라도 받는 게 싫으셨던 거고, 나한테 넌지시 물어보라고 하신 거야."

건이 병준의 가슴 위로 스케치북을 던지며 소리쳤다.

"이게 넌지시 물은 거예요? 발로 막 치면서 물었으면서!"

병준이 킬킬- 웃었다.

"이게 나다운 것이고, 가장 자연스러운 것이여! 이놈의 자식아! 푸헐헐!"

장난을 걸던 병준이 다시 진지한 말투로 말했다.

"혹시 기억하냐?"

"뭘요?"

"네가 정식으로 무대를 갖는 날, 세계 최고의 무대를 만들어주겠다고 했던 것."

갑작스러운 병준의 말에 멍한 표정을 지은 건이 그를 바라보다 씩, 웃었다.

"기억해요."

"기대해라."

"믿을게요."

"라임이냐."

"그러게요."

"그만하지."

"싫은데요."

"재미있냐."

"그러네요."

두 사람은 한참 유치한 네 글자 라임 대화를 이어나갔다.

키득거리며 장난을 치던 병준이 자세를 바로 하고 물었다.

"이건 개인적인 질문인데 좀 민감한 질문일 수도 있다."

늘 장난을 치는 병준이었지만 진중한 면이 있는 것을 알고 있는 건이 자세를 바로 하고 말했다.

"네, 질문 하세요."

병준이 가만히 건의 눈을 바라보다가 조심스럽게 말했다.

"키스카, 어쩔 거야? 조지아에서의 일 들었다. 약혼 이야기 나왔다며?"

키스카의 이야기가 나오자 건이 입을 닫았다.

잠시 우물쭈물하던 건이 머뭇거리며 말했다.

"음…… 실은 그것 때문에 고민이에요. 너무 어릴 때부터 봐 왔잖아요, 아무리 키가 크고, 몸이 컸다고 해도 그저 아이로밖에 안 보여요. 사랑하는 사람이긴 하지만 그게 여성을 사랑하는 마음은 아닌 것 같아요. 가족이나 막냇동생 같은 마음이랄까?"

"그레고리한테나 키스카한테 그런 말 했어?"

"못 하죠, 형. 키스카가 내가 이런 말 했다는 걸 알면 울고불고 난리 칠 텐데요."

"음, 그건 잘했다. 그래서 아직 결정은 못 내린 거야?"

건이 입술을 내밀고 말했다.

"그냥 기다리려고요, 사랑하는 사람이 나타나지 않는 한."

"기다린다? 무슨 뜻이야, 그게?"

"키스카는 아직 어려요, 살아가면서 지금까지 만난 남자가 몇 안 되잖아요. 자라나면서 자연스럽게 좋아하는 다른 사람이 생길 수 있어요, 그때 전 키스카의 오빠로 남을 거예요."

병준이 진중한 표정으로 물었다.

"만약 성인이 되어서도 마음이 변하지 않는다면?"

건이 모르겠다는 듯 기지개를 켰다.

"글쎄요, 그건 그때 가서 생각해 봐야죠, 제 마음도 중요한 거니까."

병준과 이야기한 다음 날.

학교의 연습실을 찾은 건은 즉시 불, 바람, 땅의 노래에 대한 작업을 시작했다. 맨 먼저 '땅의 노래'를 작업하기 위해 가장 먼저 연락을 취해 도움을 구한 이는 닥터 브레였다.

그는 건의 전화에 당일 날 바로 줄리어드를 찾아왔다. 캐딜락 리무진에서 내린 닥터 브레는 자신의 나이에 어울리지 않게 하얀 셔츠와 베이지색 면바지, 에어 조던 레인보우를 신고 나타나 줄리어드 학생들을 놀라게 했다.

문자로 전달된 스튜디오를 찾은 닥터 브레가 연습실 문을 열고 놀라며 휘파람을 불었다.

"휘익! 이게 누구야, 스넵! 네미넴! 잘들 지냈나?"

연습실에 이미 도착한 스넵과 네미넴이 간이 의자에 앉아 자신을 올려다보고 있는 것을 본 닥터 브레가 하이파이브를 하며 들어왔다.

"케이는?"

스넵이 실내에서도 벗지 않는 선글라스를 치켜올리며 밖을 가리켰다.

"녹음실 대여 신청하러 갔어."

"그래? 그런데 왜 케이 정도 되는 애가 학교에서 녹음을 한데? 내 작업실을 빌려줘도 되는데."

네미넴이 간이 의자 위에 양발을 올리고 무릎을 감싸 쥐며 고개를 까딱였다.

"그 녀석. 4학년 수업을 빼는 대신 학교에서 작업하기로 약속했다고 하더라. 듣기로는 팡타지오 미국 지사도 거의 완공 직전이라던데, 완공되어도 이번 앨범 작업은 빼도 박도 못하고 여기서 해야 하나 봐."

닥터 브레가 입술을 내밀며 고개를 끄덕였다.

"아직 학생이고, 학점 인정은 받아야 하니, 좀 이상하긴 해도 그런 조건이 걸릴 수는 있겠다 싶군. 그래, 음악에 대해서는 언질 받았고?"

스넵이 어깨를 으쓱하며 말했다.

"아니, 전혀. 실은 우리도 어제 연락받았어. 너도 마찬가지 아니야?"

"응, 스케줄이 없어서 다행이지."

네미넴이 장난스럽게 웃었.

"스케줄이 있었어도 취소하고 왔을 거면서."

닥터 브레가 피식 웃으며 바지 주머니에 손을 넣었다.

"날 어떻게 보고 그래, 난 이제 사업가라고. 스케줄이 있으면 그걸 소화하고 시간 맞춰서 도와주겠다고 했겠지. 여기 있는 녀석 중에 인지도가 떨어지거나 안 바쁜 사람이 어디 있나? 자기 스케줄은 하고 와야지, 취소하고 오는 놈이 어디 있어?"

네미넴이 키득거리며 손가락을 들어 올렸다. 그의 손가락이 가리키는 곳에 팔짱을 낀 스넵이 있는 것을 본 닥터 브레가 눈썹을 꿈틀거렸다.

"스넵 뭐? 설마…… 스케줄 취소하고 왔어?"

스넵이 눈썹을 찌푸리며 말했다.

"하루 전에 부탁하는데 어떡해? 젠장 네 말 듣고 보니 그냥 스케줄 하고 이쪽을 미룰걸, 괜히 자존심 상하네."

네미넴이 킬킬거렸다.

"크하하, 이 녀석 케이가 앨범 만드는 데 참여할 수 있다고 하니까 부리나케 뛰어가서 스케줄 취소하더라, 다행히 라디오 스케줄이라 파이어큐브가 대신 나갔지."

자신을 놀리는 네미넴에게 이를 갈던 스넵이 인상을 쓰고 시계를 보았다.

"이 자식, 오기만 해봐라. 음악만 안 좋아 봐, 스케줄 취소한 것까지 돈으로 받아내겠어!"

마침 문이 벌컥 열리며 악보 더미를 옆구리에 낀 건이 들어오며 환하게 웃었다.

"아, 브레? 오셨군요! 진짜 오랜만이에요."

손을 마주치고, 서로를 안아준 두 사람이 잠시 안부 인사를 주고받았다. 닥터 브레와 이야기를 하면서도 이글거리는 눈으로 자신을 째려보고 있는 스넵이 신경 쓰였던 건이 머뭇거리며 말했다.

"저…… 스넵. 뭔가 잘못된 것이라도 있나요?"

스넵이 선글라스를 살짝 내리고 건을 째려보며 손을 내밀었다.

"악보야, 그거?"

"아, 예. 맞아요."

건이 세 사람에게 악보를 건네주며 말했다.

"cubase 음악이라 악보를 봐서는 감이 잘 안 오실 거예요, 녹음실 대여를 하고 왔으니까 가서 들어보시겠어요?"

네미넴과 스넵이 두말없이 자리에서 일어났다. 원래 서 있었던 브레가 가장 먼저 건을 따라나섰고, 줄리어드의 복도에 네 사람의 유명인이 걷기 시작하자, 학생들이 구름 떼 같이 몰려들었다.

교수진들까지 나와 구경하고 있는 것을 본 건이 식은땀을 흘리며 어색한 웃음을 지었다.

녹음실 앞에까지 따라온 학생들이 사진과 사인을 요구하며 아우성치자, 결국 스넵과 네미넴, 닥터 브레는 잠시 시간을 내어 팬 서비스를 해주었고, 건은 먼저 녹음실에 들어가 준비를 하기 시작했다.

가장 먼저 스넵이 녹음실로 돌아왔고, 다음으로 닥터 브레가 들어왔다. 마지막까지 잡혀 있던 네미넴이 녹음실로 들어오자 그를 기다렸던 건이 웃으며 컨트롤박스를 조작했다.

"자, 이번 곡의 이름은 땅의 노래예요. 제목이 힙합과는 어울리지 않는다고 생각하시겠지만, 이 곡이 담은 감정은 메마른 땅에 비가 오고 다시 희망이 솟는다는 것이죠, 어디선가 들어본 것 같지 않나요?"

닥터 브레가 팔짱을 끼고 고개를 끄덕였다.

"음, 어려운 가정환경과 할렘에서 살던 우리가 힙합으로 성공하고, 일어나는 스토리와 비슷하군. 안 그래?"

그가 스넵과 네미넴을 보며 동의를 구하자, 그들이 고개를 끄덕였다.

미소를 지은 건이 음악을 재생하기 전에 말했다.

"아시다시피 제 곡의 가사는 키스카 미오치치라는 아이가 써줘요. 하지만 랩의 경우 래퍼의 진심이 녹아 있어야 한다고 배웠어요, 제게 그것을 가르쳐 주신 분이 바로 닥터 브레이지요."

닥터 브레가 자랑스러운 표정으로 미소를 짓자, 그를 보고 한번 웃어준 건이 말을 이었다.

"땅의 노래에서 랩이 들어갈 마디는 열여섯 마디씩 두 번이에요, 그래서 두 분을 모신 것이고, 브레는 이 음악의 프로듀서를 맡아주실 거예요."

스넵이 닥터 브레를 보며 물었다.

"야, 너 앨범 전체도 아니고 달랑 한 곡 프로듀서 하러 여기까지 왔나?"

닥터 브레가 피식 웃으며 말했다.

"열여섯 마디 랩 녹음하러 온 놈들도 둘씩이나 되는데 무슨 소리야?"

"젠장!!"

스넵이 팔짱을 끼며 욕을 하자 웃음을 지은 닥터 브레가 건에게로 고개를 돌렸다.

"앨범에 들어갈 곡은 총 몇 곡이야?"

건이 손가락 네 개를 펴 보이자 닥터 브레가 의외라는 눈빛으로 물었다.

"달랑 네 곡? 그걸로 정규 앨범이라고 할 수 있겠어?"

건이 괜찮다는 듯 손을 휘휘 저었다.

"아직 타이틀은 정해지지 않았지만, 물의 노래란 곡이 23분 07초짜리 긴 곡이에요. 그래서 네 곡으로 앨범 제작이 가능하죠."

닥터 브레가 턱을 쓸며 말했다.

"그럼 나머지 곡도 내가 프로듀싱하면 안 될까?"

건이 눈을 동그랗게 떴다.

"아…… 록이랑 댄스, 발라드인데 가능하시겠어요?"

가만히 듣고 있던 네미넴이 불쑥 끼어들었다.

"댄스? 록이랑 발라드는 이해되는데 댄스는 또 뭐야?"

"바람의 노래가 클럽 댄스곡이에요."

"또 이상한 짓 하네, 이 녀석. 도대체 몇 가지 장르를 해야 직
성이 풀리냐, 넌?"

스넵 역시 고개를 끄덕이며 동조했다.

"맞아, 저 녀석 오케스트라 음악에 오페라에 록에 힙합까지
다 섭렵했잖아. 저러다 어느 나라 전통 음악까지 하려고 나서
면 골 아픈데 말이지."

건이 웃으며 재생 버튼에 손을 올렸다.

"후후, 글쎄요. 가급적이면 스스로 일정 장르에 구속되는 짓
은 안 하고 싶을 뿐이에요, 자 그럼 들어볼까요?"

재생 버튼이 눌러지자, 묵직한 드럼 비트에 그루브한 베이스
가 올려진 음악이 재생되었다.

음악의 뼈대가 되는 비트의 뒤에서 춤을 추듯 들려오는 피
아노 소리에 집중하던 세 사람의 표정이 점점 경악으로 바뀌
어 갔다. Verse 1이 끝나고 간주 부분에 들려온 건의 록 베이

스 기타 소리를 들은 셋은 의자를 뒤로 넘어뜨리며 벌떡 일어나기까지 했다.

6분이 조금 넘는 음악을 모두 듣는 동안 한 번 일어난 그들은 다시 앉을 수 없었고, 셋 모두 힙합의 조예가 매우 깊기에 이 음악이 세상에 줄 충격이 얼마나 클지 예상되었기에 식은 땀까지 흘리는 셋이었다.

음악이 끝나고 한참이 지났지만 셋 모두 입을 열지 못했다. 가만히 그들의 반응을 지켜보던 건 역시 침을 삼켰다.

십 분이 넘는 시간 동안 믿을 수 없다는 눈빛으로 서로를 바라보던 셋 중 닥터 브레가 가장 먼저 입을 열었다.

"세상에……."

스넵이 들고 있던 악보를 바닥에 내던졌다.

"젠장, 웬만하면 음악 들어보고 스케줄 엿같이 잡는다고 한 대 쥐어박으려고 했더니 이건 입도 뻥긋 못 하겠네. 제기랄."

네미넴은 벌써 랩을 구상하려는지 악보에 뭔가를 써 내려가고 있었다.

안 그래도 갑자기 도와달라고 한 것이 미안했던 건이 스넵을 돌아보며 어색하게 웃었다.

"피처링 비용은 회사에서 제대로 드릴게요, 미안해요. 스넵."

스넵이 벌떡 일어나 건의 팔을 덥석 잡았다.

"그거 말고."

건이 갑자기 일어선 거구가 자신의 팔을 잡자 놀라며 반문했다.

"예? 그거 말고요?"

스넵이 손가락을 까딱이며 말했다.

"돈 말고, 곡으로 내놔."

"예?"

"나중에 내 앨범에 쓸 곡 하나 내놓으라고."

얼빠진 표정으로 스넵을 올려다보고 있는 건이 갑작스레 손을 드는 네미넴에게로 고개를 돌렸다.

"아, 나도 곡으로 줘. 돈은 됐어."

닥터 브레가 웃음을 터뜨리며 두 사람을 손가락질했다.

"푸하하! 이 녀석들 좀 봐라, 빌붙으려고 하네, 그래도 명색이 뮤지션 놈들이 곡을 애원하다니 자존심도 없느냐, 이놈들!"

스넵이 발끈하며 고함을 쳤다.

"누가 애원을 해! 정당히 피처링해 주고 비용을 곡으로 받겠다는 거 아냐?"

네미넴이 아무렇지도 않게 악보에 시선을 주며 말했다.

"난 애원하는 거 맞는데?"

"젠장! 조용히 해 넌!"

또 티격태격하는 두 사람을 본 건이 진정하라는 듯 말했다.

"알았어요, 곡으로 드릴게요, 됐죠?"

닥터 브레가 나서며 손가락을 까딱였다.

"오오, 안 되지 그건. 이 녀석들 피처링 고용비가 얼마인지 모르지만 네 곡의 가치가 더 크다. 웃돈 받고 곡 써주도록 해."

스넵이 닥터 브레의 멱살을 붙잡았다.

"거의 다 넘어왔는데, 이 자식이!!!"

네미넴이 다시 손을 들며 말했다.

"난 비용 더 지불할 용의가 있으니 나부터 먼저 줘."

스넵이 선글라스를 벗어 네미넴에게 집어 던졌다.

"내가 이 녀석보다 무조건 1달러라도 더 준다! 그러니 내 것부터 내놔!"

녹음실에 때아닌 경매가 시작되고 유치한 싸움을 말린 닥터 브레가 진지한 표정으로 건의 옆 컨트롤박스에 앉았다.

"좋아, 전체적인 뼈대는 잡혔고, 이 노래 가사는 아직이라고 했지? 대충 컨셉은 전달 되었으니 이 녀석들 랩부터 짜면 되는 거지?"

프로답게 바로 일을 시작하려는 닥터 브레를 본 건이 환하게 웃으며 말했다.

"네, 바로 시작해 볼까요?"

뒤에서 아직도 멱살잡이를 하고 있는 두 사람에게 박수를 쳐 집중시킨 닥터 브레가 진중한 눈으로 말했다.

"그만하고, 가사나 써. 먼저 작업 끝내는 놈한테 먼저 곡 준다."

순식간에 후다닥 떨어져 가사를 쓰기 시작하는 두 사람을 보는 브레와 건이 서로 마주 보며 웃음을 지었다.

잠시 자신이 평소에 애용하는 사운드로 기계를 조작하던 닥터 브레가 물었다.

"그런데 록이야 네가 직접 하거나, 카를로스에게 도움을 구하면 될 것 같긴 한데, 댄스는 어쩌려고 그래?"

건이 턱을 괴고 녹음 부스 안을 보며 말했다.

"실은 그것 때문에 고민이에요. 한국에라도 가봐야 할까요?"

"한국?"

"네, 한국은 댄스 뮤직의 뮤지션이 많거든요, 그쪽이 인기가 많아서요."

닥터 브레가 얼굴을 찌푸렸다.

"한국은 걸그룹만 판치는 나라 아니었어?"

"하하, 글쎄요. 일단 미국에서 찾아보고 안 되면 차선책을 선택해야죠."

To Be Continued